恋する救命救急医

キングの憂鬱

春原いずみ

white heart

講談社X文庫

目次

神城　尊
Takeru Kamishiro

英成《えいせい》学院OBで当時のあだ名は『キング』。現在は『ドクターヘリのエース』と呼ばれている。

筧　深春
Miharu Kakei

看護学部時代にヘリに搭乗する神城の姿に憧れ、フライトナースの資格を取った。

宮津　晶
Akira Miyatsu

実力不足と自覚しているが『控えめだが優秀』と篠川に評価されている。

藤枝脩一
Shuichi Fujieda

晶の恋人。元は医者だったが挫折し、英成学院の先輩である賀来に店を任されている。

賀来玲二
Reiji Kaku

篠川の恋人兼同居人。英成学院中等部から篠川と同級生。コーギー犬「イヴ」と「スリ」の飼い主。

恋する救命救急医 ✚ 人物紹介

篠川　臣
Omi Sasagawa

英成学院OBで当時のあだ名は『クイーン』。常に冷静で、上司にも部下にも容赦がない。

イヴ&スリ

賀来の愛犬。あだ名は「お嬢様」と「お姫様」。

森住英輔
Eisuke Morizumi

聖生会中央病院の整形外科医。晶の同期で大学時代からの友人。

イラストレーション／緒田涼歌

恋する救命救急医

キングの憂鬱

ACT 1.

「あ……」

ヘリポートに着いたドクターヘリから降りて、筧深春《かけいみはる》は肩に止まった桜の花びらを指先で軽くつかまえた。濃紺のフライトスーツを着た筧は、ドクターヘリに乗るフライトナースだ。さらさらした素直な髪が風に揺れる。ちんまりと小作りに整った顔立ちと勝ち気な印象のある強い輝きのある黒目がちの瞳《ひとみ》が、どこか日本犬の子犬じみている。小柄な身体《からだ》も子犬っぽい。

「どうした？」
二、三歩先を行っていた神城尊《かみしろたける》が振り返った。こちらは黒のフライトスーツを着ている。すらりとした長身に、端正な顔立ち。眼鏡がよく似合う知的な顔立ちは、医師という彼の職業を無言のうちに表すようだ。筧は「いえ」と軽く首を横に振った。
「何でもありません。ただ、桜の花びらが……」

「桜？」

神城が笑った。

「風流だな」

「別に風流なんかじゃありません。センターの裏にある桜から飛んできたんでしょう」

筧はそう言って、手にした花びらを風に飛ばした。ここに初めて降りた時は秋だった。もう半年以上も前のことだ。

「もう、桜も終わりか」

神城が空を見上げた。

「空が高くなってきたな」

「風流なのは、先生の方じゃないんですか？」

筧は肩にかけたバッグを揺すり上げる。

「センターにいると、季節を感じるのなんて、ヘリに乗る時くらいですから。空を見上げることなんて、ありませんよ」

「俺だって、そうだ」

神城はからりと笑う。

「でも、ヘリに乗る時くらいでも、季節を感じるようになっただけ余裕ができたかな」

「余裕？」

首を傾《かし》げた筧に、神城は少し苦い笑みを見せる。

「ああ……去年の今頃は、桜どころか、今日が晴れなのか、雨なのかすらわからなかった。そんな余裕、全然なかったからな」

ヘリポートに風が吹く。春の香りを乗せた優しい風が吹く。

「ここは……風通しがいいからな」


今日の一度目のフライトは、傷病者を乗せずに戻った。予想していたよりも軽傷で、地元の医療機関で対応可能と判断し、救急車で送り届けたのである。

「お疲れ様」

フライトスーツを管制室で脱ぎ、センターに戻るとセンター長の篠川臣《ささがわおみ》が振り返った。

「体力温存してるでしょ。とっとと働くこと」

きつめのアーモンドアイ。知的な黒い瞳に見つめられて、神城がにやりと笑った。

「はいはい。センター長殿はお見通しだ」

篠川は神城より二つ年下なだけだというが、並べて見ると、ずいぶん若く見える。すらりと細身で、身体の動きが素早いせいだろう。神城も動きは速いが、身体の作りががっちりしているので、篠川ほど軽やかには見えない。

「筧、何にやにやしてる」

神城に後ろ頭を引っぱたかれた。筧は不服そうに顔を上げる。身長差が少しあるので、見上げる形になるのが悔しいところだ。

「別に何でもありません。先生、井端《いばた》先生がこっちをうるうるした目で見てますよ」

筧は自分の頭をぐしゃぐしゃにして楽しんでいる神城の手をつかんだ。

「ナート（縫合）を手伝ってほしいんじゃないんですか？」

「お、そうか？」

神城が振り返った。目を細めて、救命救急医の井端里緒《りお》を探す。

「井端先生は内科からの転科だからな。苦手じゃすまないんだけどね」

篠川がぽつりと言った。

「下手じゃないんだけど、時間がかかるんだよね」

「ナートなんか、慣れれば早くなるぞ？　下手くそはどうにもならんが、早くないってのは慣れだ」

神城は当然といった風にあっさりと言う。

「みんながあなたみたいに単純だと助かるんだけどね」

篠川がつけつけと言い返した。

「暇で仕方ないようだから、その無駄な体力使ってきたら？」

「はいはい、センター長殿」

嫌みっぽい返しに、篠川が小爆発を起こした。

「はいは一回っ」

「はいっ」

漫才である。筧は吹き出しそうになるのをこらえる。

「何すかしてんだよ、筧」

通りすがりに、また頭をはたかれた。

「おまえも手伝え」

筧は神城の手をぐいと押しのけた。

「介助のナース、片岡《かたおか》さんがいるじゃないですか。俺はこっちに仕事ありますんで、先生だけ働いてきてください」

神城はぶつぶつ言いながら、外傷の患者の方に歩いていく。そこでは、井端が難しい顔をして、ナートと格闘していた。神城は気軽に声をかける。

「井端先生、俺が診ようか？　先生、点滴の方頼むわ」

「は、はいっ」

神城の登場に、井端がほっとしたように頷《うなず》いた。長い髪を背中できりりとまとめた可愛《かわい》らしい感じの美人である。

「よろしくお願いします」

「はい、おまかせ」

神城がグローブを要求し、ナートに取りかかる。井端は白衣の袖をまくり直しながら、筧の方に歩いてきた。

「井端先生、脱出ですね」

筧が救急バッグの中身を補充しながら、顔を上げた。井端が苦笑している。

「きっついなぁ、筧くん」

「本当でしょう？」

アンプルの数を数えながら、筧はつけつけと言った。

「まぁ、あの人は使い減りしないんで、いくらでも使ってもらってかまわないんですけど」

筧の言い草に、井端がきょとんと目を見開く。

「何か……神城先生、筧くんのものみたい……」

「そんな可愛いタマじゃありませんよ」

筧はバッグの中身を整えて、ジッパーを閉じた。

「つきあいは短くないですけど、あの人が俺の言うこと聞いてくれたことなんて、片手で数えられるくらいですよ」

言いながら、筧はふと考える。

「片手でもあったかな……」

「何言ってんだか」

篠川が呆《あき》れたように言う。

「筧くん、暇なら宮津《みやつ》先生の方、手伝って。CT室にいるから。造影するかもしれないし」

「わかりました」

筧はCT室に向かって小走りに走り出しながら、ちらりと神城の方を見た。神城は真剣な表情で、患者に向かっている。

〝忙しいね……〟

センターにいる神城は、休む間もなく動き回っている。背が高く、身体も骨太でがっちりしているので、まるで風を巻き起こすように走り回る。彼はそれが嬉《うれ》しくて仕方なさそうだ。

〝ワーカホリックだね……〟

それが彼にとって幸せであることを筧は知っている。次々に患者を迎え、診察に走り回り、処置を施す。

「それが……あなたの夢だったんだから……」

「筧、何見とれてやがる」

筧のつぶやきを聞き取ったかのように、処置中の神城が顔も上げずに声をかけてきた。

「そんなに俺、いい男か？」

「黙って、とっとと働いてください」

筧はふんと肩をそびやかす。ぱっと走り出しながら、心でつぶやく。

〝……楽しそうだね〟

すべては半年前のあの日から始まったのだ。


聖生会《せいせいかい》第二病院は、その名のとおり、聖生会の中では二番目の位置づけにある病院だ。聖生会内では、中核である救命救急センターを備えた聖生会中央病院の下に格付けされている。

「それが気にくわないからってなぁ」

神城は甘い缶コーヒーを飲みながら、ぼそりと言った。彼が愛飲する缶コーヒーは砂糖もミルクもたっぷり入ったものだ。もともと甘いものは好きだった。コーヒーはいつも砂糖とミルクを入れて、甘くして飲んでいた。ブラックでも飲めないことはないのだが、甘くして飲むのがもともと好きだった。それが医師になってから加速した。食事も不規則で、一日三食食べられるとは限らない。血糖値の低下に弱い体質である神城は、手っ取り早い糖分の補給として、甘い缶コーヒーを飲むようになったのだ。

「救命救急センターのシステムもないのに、ドクターヘリを誘致するなんざ、正気の沙汰じゃねぇや」

「何ぶつぶつ言ってるんですか」

筧は両手を腰に置いて言った。神城が視線を向けてくる。

「何だよ、筧。ヘリか？」

神城は眼鏡を外し、ぎゅっと目頭を指先で摘まんだ。

「うー、外は目にいてぇや」

「だったら、中にいればいいでしょう？」

聖生会第二病院の救命救急部は、病院の奥まったところにある。それもまた、神城の気に入らないところだ。屋上にあるヘリポートと繋《つな》がるエレベーターとも、救急車がつく搬入口からも近くない。いかにも急拵《きゅうごしら》えで空いたスペースに作られたのが、見え見えだ。

「中にいたって、仕方ないだろう。……やることはないんだ」

「何ふてくされてるんですか」

筧は呆れたように言って、神城の手から缶コーヒーを取り上げた。

「何すんだよ」

「ご飯も食べないで、こんなものばっかり飲んで。ＤＭ（糖尿病）になりますよ」

「俺にまともに飯を食わせたかったら、飯が食える人員を配置してくれってんだ」

神城が聖生会第二病院に赴任したのは、八年前。ドクターヘリ配備と同時だった。当初は整形外科医としての赴任のはずだったが、フライトドクターとしての研修を受け、すぐに救命救急医に転科した。しかし、彼が救命救急部の専任になったのは、その三年後だ。ドクターヘリがあるのに、救命救急部がないのはおかしい。そう上層部に直訴しての専任だった。それまで、ドクターヘリへの搭乗は、フライトドクターの資格を持つ聖生会の医師たちがシフトを組んで行い、第二病院が中心となって受け入れをしていた。このあたりは病院同士のパワーゲームで、中央病院との綱引きだ。本来であれば、救命救急センターを持つ中央病院がドクターヘリを持ち、受け入れをすべきだったが、中央病院には、ヘリポートはぎりぎりあるものの、ヘリを格納するための格納庫を設けることができなかった。近くにも格納庫を確保できず、中央病院はドクターヘリの誘致を泣く泣く諦めたのである。第二病院の中央病院に対する唯一のアドバンテージがドクターヘリだった。

「ドクヘリと救命救急部はセットだろうがよ」

神城はスクラブの上に羽織った白衣のポケットからキャンディを取り出した。口に放り込む。

「おまえも食うか?」

「いりません」

中央病院の救命救急センターは、日本にはめずらしい北米型ERで、専従の救命救急医が患者を診て、場合によっては初期治療を施し、各科に振り分けていく。しかし、第二病院の救命救急部は、いわゆるICU型とよばれるシステムで、各科の医師が最初から患者を受け入れ、そのまま主治医として診る。よって、専門医がいなければ、患者の受け入れもできない。ドクターヘリが配備され、神城が専従になってからも、基本的に救命救急部の受け入れ体制は変わっていない。神城が受け入れをOKしたくても、専門医にお伺いを立てなければならず、結局救急車の受け入れを断らざるを得ないこともあった。神城は一人でもがき続けてきた。何とかして、第二病院に北米型のERを立ち上げたい。専任の医師を複数置き、次々に患者を受け入れていきたい。しかし、それは途方もない夢だと、すぐに思い知らされた。

「なぁ、筧」

「はい」

筧は救命救急部専従のナースだった。聖生会第二病院救命救急部の専従スタッフは、医師が神城、あとはナースが三人と事務が二人だ。その他は医師もナースもその時々で、入れ替わり立ち替わりで応援に来るような形になっている。つまり、循環器内科系の患者が入れば、循環器内科の医師とナースが来て患者を診、脳神経外科の患者が来れば、その科の医師とナースが来るといった、変則的な形だ。ここにおける神城や筧の仕事は、患者を受け入れると言うよりは、医師への連絡係のようなものだった。患者を診て、専門科に受け入れてもらえるかどうかお伺いを立て、受け入れてもらえるならそこに渡す。断られたら、受け入れてくれる病院を探す。時には、ドクターヘリで飛んでも、ここに患者を連れてくることができなかった。受け入れに難色を示され、他院に降りることも少なくなかったのである。

「俺たち、何やってんだろうな」

「仕事でしょう」

神城の虚《むな》しい問いに、筧はさっと答えた。

「どんな形でも、患者さんを診て、適切な治療を受けてもらうのが仕事です。俺はそれを一生懸命やっているつもりです」

今日もすでに二度飛んだが、一件とも患者を連れ帰ることはしなかった。一件は軽傷だったため、地元の医療機関への搬送につきあい、二件目は第二病院の脳神経外科に受け入れを拒否された。手術が詰まっているため、受け入れはできないという返事だった。仕方なく、近隣の大学病院にヘリで向かった。

「医者なんて……たいしたもんじゃねえな」

「たいしたもんだと思ってましたか？」

ぼそりとつぶやく神城に、筧はつけつけと言う。

「俺に言わせりゃ、ドクター一人でできることなんてたかがしれてますけどね。ナースやパラメディカルがいなけりゃ、完璧な医療なんて提供できないでしょう」

言いすぎかなとも思ったが、神城はふっと笑っただけだった。

「おまえの方が割り切ってるな。てか、現実が見えてる」

その時、神城がポケットからPHSを取り出した。

「はい、神城……はぁ？」

一気に神城の顔が険しくなった。もともと眼鏡の似合うインテリくさい顔なので、表情を険しくすると、かなり冷たい雰囲気になる。

「……断ったのはそっちだろ？　今さら、大学から文句言われたからって、俺に突っ込まれても困る。……手術が詰まってるんじゃないのか？　脳出血疑いを受け入れられないくらいにな。とっとと働けよ」

そして、ぱちっと電話を切ってしまう。乱暴にポケットに突っ込んだ。

「いくら糖分とっても、いらいらは収まらねぇな。筧、何かいらいらに効くの知らないか？」

「知りませんよ。P科（精神神経科）にでもかかったらどうです？　カウンセリングとか」

「俺がそういうタイプに見えるか？」

「見えません」

筧はいったんは取り上げた缶コーヒーを再び神城に戻した。神城が何だという顔をしている。筧は言った。

「とりあえず、甘いものでもどうぞ」


第二病院のドクターヘリ管制室は、理学療法フロアの片隅にあった。病棟最上階である。つまり、ヘリポートのすぐ下だ。

「いい見晴らしだ」

ヘリ管制室には、いつもCS（コミュニケーション・スペシャリスト）の高杉《たかすぎ》渉《わたる》とヘリのパイロットである真島《ましま》、フライトエンジニアの有岡《ありおか》が詰めている。

「今日は天気がいいですから」

高杉が穏やかな口調で言った。彼の柔らかい声は魅力的だ。低めで穏やかで滑舌が良く、CSとして最大の才能である。

「かなり遠くまで見渡せます。ここは高台ですし」

「今日は……よく飛べそうだな」

「まぁ、傷病者が出ないことが一番ですが」

高杉がくすりと笑った。

「神城先生、またどこかとやり合いましたか？」

「余計なこと言うな、高杉」

「はい」

ドクターヘリの専任である高杉は、ヘリ配備からずっとこの部屋にいる。わずか十畳ほどの広くはない部屋だ。自分だったら、息が詰まると神城は思う。この小さな部屋で、高杉と真島、有岡はずっと過ごしている。病院の中を歩き回れるだけ、自分はまだ恵まれているのかもしれない。

「これは……先生のお耳に入れておいた方がいいと思いますが」

高杉がおっとりとした柔らかい口調で言った。電話に向かう時の高杉はてきぱきとした少し早口になるが、普段のしゃべりの口調はソフトである。

「病院改築の計画書、ご覧になりましたか？」

「いや」

神城がソファに座ると、同じソファに座って将棋を指していた有岡がお茶を入れてくれた。

「大福いかがですか？　先生」

「俺の分もあるのか？」

「コンビニで二個入りパックを二つ買ってきたんです。一つ余ってますからどうぞ」

真島がにっこりした。神城とそんなに変わらない年回りのはずだが、彼もまたおっとりと落ち着いている。有岡はまだ二十代だ。気の利く大人しい性格の青年である。

「ありがたくもらうよ。甘いもの好きだからさ」

大福を頬張りながら、神城は高杉の方を見た。

「高杉、病院改築の計画書って何だ？」

「私たちはもう内々ということで話を聞きましたが」

高杉はペットボトルのコーヒーを一口飲んで言った。

「病院改築の際、ここの屋上はサンルームになるそうです」

落ち着いた口調で言って、高杉はふっと微笑《ほほえ》む。

「そして、この部屋はリハビリ科の休憩室になります」

「……そう来たか」

神城は軽く天を仰いだ。

「どっちを先に見限るかと思ったが……見限られたのは俺の方か……」

「見限る？」

高杉が少し首を傾げた。

「どっちかって、どういうことですか？」

「わからないふりするなよ、高杉」

それなりに長いつきあいである。高杉が察しも勘もいい人間だと、神城は知っている。

「結局、第二にとって、俺はお荷物だったたってことさ。俺とドクヘリを中央に渡しても、俺たちを排除したかったたってことだ」

第二病院にとって、ドクターヘリは中央病院に対する大きなアドバンテージであったはずだ。それを手放しても構わないと思うほど、北米型ERを作ろうとする神城の存在は邪魔だったということか。神城は苦い口調で言った。

「まぁ、嫌われてる実感はあったよ。俺がヘリで運んできて、患者を渡そうとすると、まずすんなりとは受け取ってもらえない。すったもんだあって、患者を勝手に連れてきて、押しつけるんじゃねぇと怒鳴られた後で、人道上の理由とか言って、ようやく受け取ってもらえる。この繰り返しだ」

「ドクターヘリシステムが意外に日本に馴染《なじ》まない理由はそこですね」

高杉が穏やかに言う。

「私もずいぶんとやり合いましたよ。私が要請を出しても、なんでおまえが指示すると何度も怒鳴られましたよ」

少しも怒っていない口調で言うのですんなり流してしまいそうだが、この大人しい男をして、愚痴めいたことを言わせるのだから、その軋轢《あつれき》は相当なものなのだろう。

「で？　俺たちはクビか？」

神城の問いに、高杉は少し首を傾げた。

「上の方だけで話が行ったり来たりしているようなので、何とも言いがたいのですが、今のところ、中央に行く可能性が高いと思います」

「中央からヘリで二分くらいのところに民間の格納庫があるんですが」

真島が将棋を指しながら言った。

「空きができたとのことで、中央から問い合わせが入っているそうです」

さすがに広くはない業界だ。すぐに話は流れるらしい。

「新聞社が持っていたヘリが廃機になったそうで、空きができたんです。どっちが先なのかはわかりませんが、タイミングがいいことは確かですね」

「ふぅん……」

自分はどうなるのだろうかと考える。今の自分は救命救急医としての仕事を優先させているが、整形外科医としても現役である。外来こそ持っていないが、持てと言われれば、すぐにでも持てるだろう。しかし、できることならば、ドクターヘリと共に中央に行きたいと思う。

「私たちはヘリと共に動くことになりそうです。聖生会としてもドクターヘリを手放すつもりはないようです。やはりアドバンテージですからね。一度手放してしまえば、もう一度手に入れたくても手に入れられないアドバンテージです。格納庫が確保できれば、間違いなく、中央に行くでしょう。すべてが揃《そろ》っているのですから、行かない理由はありません」

高杉がコーヒーのボトルの蓋を閉めながら言う。

「……先生はどうなさいますか」

「どうって言われてもなぁ」

大福を食べ終えて、神城は苦く笑った。

「俺は聖生会に雇われてる身だから、勝手にどうこうは言えねぇよ。そりゃ、おまえたちと一緒に行きたいけど、第二に整形外科医として残れと言われたら……どうかな。いったん退職して、中央狙いで再就職する手はあるが……どうなるか」

自分が問題児だという認識くらいはある。今退職を願い出れば、渡りに船になるかもしれない。それくらい、上層部や周囲との人間関係は悪化していた。再就職したところで、果たしてとってもらえるかどうか……。神城が考え込んだ時、ポケットの中のＰＨＳが震えた。ボタンを押して、電話に出る。

「はい、神城」

『どこで油売ってんですか』

筧の声だった。くすっと高杉が笑っている。

『救急車入ります。頭部外傷、意識は清明。脳神経外科がめずらしく受けてくれるそうです』

「じゃ、俺はいらねえじゃねえか」

『何拗《す》ねてんですか。とっとと戻ってきてください』

「はいはい」

神城は電話を切り、ふうっとため息をついた。

「筧くん、元気ですね」

高杉が言った。筧の声はよく通る。電話の声はまる聞こえである。

「ああ。元気すぎて、うっとうしいや」

彼も軋轢はあるに違いないが、そんなことはおくびにも出さない。あの強さを自分は見習うべきかもしれない。

「ま……行ってくるわ。また何か情報入ったら、教えてくれや」

「了解しました」

高杉と真島、有岡に手を上げて、神城は入ってきた時と同じように、ふらりと管制室を出た。

ヘリのローターが風を巻き起こす。いつもなら、管制室から出てこない高杉が初めて、その風の中にいた。

「……先に行ってるぞ」

黒のフライトスーツを着た神城が言った。

「ええ。車で追いかけますので」

高杉がいつもより少し大きな声で言う。

神城の聖生会中央病院への異動が決まったのは、恐ろしいことに昨日だった。筧も含めたヘリスタッフの異動は先に決まっていたが、神城の異動はぎりぎりまで決まらなかった。第二病院としてもスタッフが潤沢にいるわけではない。うっとうしい存在であっても、医師としての腕を考えると、神城は外せない人材だった。救命救急部はヘリの移動と共に消滅させるが、神城の整形外科医としての腕は消滅させるわけにはいかない。しかし、中央病院としても、ヘリをもらい受ける以上、スタッフもそのままもらい受けたい。さんざん綱引きがあって、結局、中央病院の意見が通ったらしい。そのあたりの経緯はよく知らないが、昨日になって、ひどく苦い顔をした院長が辞令をぽんと投げてきた。

『結局、第二はどこまで行っても第二ってことだ』

そんな言葉と共に。

〝ククタ〟ヘリという大きな存在が去っていくのに、送りに出てきたのは高杉一人だった。

「何だか、夜逃げっぽいな」

神城のつぶやきに、筧はじろりと視線を向けた。

「そういう自虐、好きじゃないです」

「別に自虐じゃねぇよ、実感だ」

当初、ヘリは真島と有岡の二人で乗っていくはずだったが、神城の希望で急遽《きゅうきょ》神城と筧も乗ることになった。

『せっかく中央に乗り込むんだ。派手に行った方が楽しいじゃねぇか』

しかし、旅立ちは寂しい。鳴り物入りで就航したはずが、最後は誰にも送られることなく去っていく。

「先生、行きますよ」

真島が声をかけてきた。

「あちらは今日から動かしたいらしいです。八時前には着きたいので」

「了解」

神城は高杉に軽く手を上げると、ヘリに乗り込んだ。筧が乗り込み、ドアを閉めるとすぐに離陸する。ふわっとヘリは舞い上がり、ぐんぐんと高度を上げていく。大きく手を振る高杉を残して、ヘリは聖生会中央病院に向かう。

「敗残兵……だな」

ぽつりと神城が言った。

「はい？」

筧は振り返った。ヘリの風切り音の中では、声が聞き取りづらい。

「何ですか？」

「……いや、何でもない」

神城は少し笑って首を横に振った。筧はちらりと、らしくない表情の神城を見る。

「何に負けたんですか？」

「聞こえてんなら、聞き返すな」

ぺしっと頭を引っぱたかれた。

「痛いです」

「当たり前だ。痛いように叩《たた》いてる」

神城はふんと鼻に息を抜く。

「何に負けたかはわからん。ただ負けたような気がしてるだけだ」

「医療に勝ち負けはありますか？」

筧の問いに、神城は端的に答える。

「少なくとも、救急医療にはあるな」

　神城は過ぎていく景色を見下ろしながら言った。

「俺は整形と救急しか知らんから、その話になるが、整形は患者の満足度が一つのゴールになる。手術やリハで患者が満足したら、それが勝ちでゴール。同じ手術でもリハでも、患者が満足しなかったら勝ちにはならない。これは医者によって考え方が違うから、絶対じゃない」

「はぁ……」

「救急医療はもっと単純だ。生きて病院を出てくれれば勝ちだ。命を救うのが大前提だからな」

「単純てあたりが、先生にぴったりですね」

　つけつけと筧が言った。

「うるせぇや」

　神城は再び筧に手を伸ばす。筧はさっとかわした。

「俺は中央病院のシステムはよく知らないんですけど、どうなんですか？　救命救急センターがあるんですよね」

「ああ。俺も話だけだ。一度見に行ってみたかったんだが、一日でも第二を空けると何が起こるかわからない状態だったからな」

「怖いこと言いますね」

　しかし、神城の言うこともあながち間違ってはいない。ＩＣＵ型の救命救急部を構築しようとしていた第二病院にとって、北米型の救命救急センターを作り上げようとしていた神城は目の上のたんこぶだった。隙あらば、神城を排除しようとしていたのだ。神城に実力がなかったら、医師として抜きん出て優秀でなかったら、とっくに干されていただろう。彼の立場は、彼自身が思っていた以上にぎりぎりだったのだ。

「あそこは、日本にはめずらしいほぼ北米型のＥＲだ。センター長は篠川臣。八年くらい前に第二に来ていたこともあるから、おまえも実習に来ていた頃だ。顔くらいは知ってるだろう？」

「ああ……そういえばそうでしたね。なかなか気の短い御仁でした」

「……言うな、おまえ」

　病院勤務の八年なんて、昔のことすぎて記憶も怪しいが、篠川臣はなかなか印象に残る人物だった。ルックスは涼しげだが、中身は瞬間湯沸かし器だ。察しも早く、勘はいいが、常にぴりぴりとした雰囲気をまとっていて、面倒なところもある人間だった。患者にそれを見せないあたりはさすがだと思ったが。医師としては実に有能で、救命救急医としては一級品と思った記憶がある。

「しかし、あの先生がトップだとすると、スタッフはずいぶん若いでしょうね」

「あいつ、俺と二つしか違わないぞ」

「え？」

神城は飄々《ひょうひょう》と言った。

「俺の二級下だ。俺も奴《やつ》もずっとストレートで来てるから、年も二つしか違わない」

「……へぇ……」

筧は信じられない風に唸《うな》った。

「篠川先生が若く見えるのか、先生が老けて見えるのか……」

「何だと」

「とても、二つ違いとは思えませんねぇ」

神城と篠川は、まったくタイプが違う。神城は押し出しもよく、貫禄《かんろく》のあるタイプだ。対して、篠川はすらりと細身で、触れれば切れてしまいそうな鋭さのあるタイプである。どちらもちょっと年齢不詳気味であることは確かだ。

「うるせぇや」

「てことは、先生、年下の上司の下に入るってことですか？」

このプライドの高い人が、たとえ二つとはいえ、年下の指示に従うことができるだろうか。いぶかしげな表情に見えたらしく、神城がちらりと視線を送ってきた。

「俺、協調性ある方だぜ？」

「そうだったら、第二であれほど揉《も》めなかったと思いますけど？」

「てめぇに言われたかねぇや。喧嘩《けんか》っ早《ぱや》いので有名だったナース殿」

「はは……」

気が短いのは上司譲りだ。筧の立場はやや特殊で、救命救急部の専属で、直属の上司は師長ではなく、救命救急部長の神城になる。救命救急部に師長はいなかったからだ。

「しょっちゅう、病棟で喧嘩してたんだってな。ずいぶん、病棟師長には文句言われたぞ」

「それは、先生と話す言い訳にされただけだと思いますけど？　文句言うなら、先生より俺に直接言えばいいじゃないですか」

何しろ、神城はルックスがいい。それに医師相手には喧嘩になるが、ナースやパラメディカルには当たりが柔らかい。彼らにへそを曲げられると、本当に仕事にならないことを、神城は知っている。だから、彼らにはなかなか人気があるのだ。

「おまえは結構怖がられてるんだぜ。吠《ほ》えつく子犬ってんでな」

「犬扱いしないでください。犬は好きですけど」

操縦席で、真島と有岡が笑っている。いつもは緊張しているフライトだが、今日は病院間の移動だけだ。パイロットとフライトエンジニアもリラックスモードである。

「そろそろ着きますよ。ああ……あの人が噂《うわさ》のセンター長ですかね」

有岡が先を見ながら言った。

「すらっとした白衣の人がいますよ。二人いるなぁ」

有岡も真島も目がいい。

「着陸体勢に入ります」

真島が言った。

「さて、初出勤だ」


ヘリはヘリポートにタッチダウンした。第二病院のヘリポートは屋上だったが、中央病院のヘリポートは地上だった。第二病院のものより狭く、降りるのもぎりぎりだったが、搬入口はすぐ近くに見えた。

〝ここの方が現実的だな……〟

第二病院のヘリポートは屋上で、一階にある救命救急部に運ぶのに、エレベーターを使わなければならなかった。ここなら、すぐにセンターに運ぶことができそうだ。

「さて……行くか」

ベルトとヘッドセットを外して、神城がゆっくりと立ち上がった。

「筧、行くぞ」

「はいはい」

スライドドアを開け、神城がヘリポートに降り立った。まだ止まっていないローターの風を受けて、髪が舞い上がる。

「よぉ、久しぶりだ」

筧が外を見ると、神城がゆったりとした足取りで、迎えに出ていた篠川ともう一人、ほっそりとした小柄な医師に近づくところだった。神城がヘリから降りてきたのが、篠川は意外そうだった。

〝そりゃそうだよね〟

いくらフライトドクターとは言え、医師が赴任するのにヘリに乗ってくるなど、聞いたことがない。筧は神城が置いていった救急バッグを肩にかけた。救急キットの入ったバッグはドクターヘリの標準装備だ。

〝かっこつけちゃって……〟

確かに、ヘリからすらりと降りた神城は格好よかった。第二病院にいた頃のいつもどこかいらついていた様子はみじんもなく、本来の彼らしい堂々とした態度だ。

「見栄《みえ》っ張《ぱ》りなんだから」

筧のつぶやきに、真島が笑っている。

「見栄くらい張らせてあげてくださいよ、筧さん」

「真島さん……」

「先生は必死で突っ張ってきた。先生が突っ張ってくれたおかげで、私や有岡は肩身の狭い思いをせずにすみました。クビにもならずに、ここにスムーズに異動することもできた。みんな先生のおかげです。そう思うから、筧さんもついてきたんでしょう?」

真島の言葉に、筧は肩をすくめた。

「俺はヘリに乗っていたい。あの人も乗っていたい。ただ道が一緒なだけです」

筧は神城に続いてヘリを降りた。

「神城先生、手ぶらで降りないでくださいよー」

一つのバッグを肩にかけ、もう一つを手に提げて降りると、神城が迎えに出ていた二人と話していた。

「それくらい、おまえ一人で大丈夫だろう」

つけつけと言う神城が憎たらしい。そして、何とも格好いい。自信満々の態度をとる彼は、贔屓目《ひいきめ》抜きにしても、やはり格好いいと思う。

迎えに出ていた二人のうち、篠川はやはり記憶にある顔だった。八年ぶりに見る顔だが、印象はほとんど変わっていない。きつめのアーモンドアイが言葉以上にものを言うタイプだ。やはり神城よりもかなり若く見える。もう一人の医師は、白衣と首にかけたステートがなければ、医師とは見えない。ほっそりとしていて、顔立ちも可愛らしい。

〝医者……だよな〟

子犬と称される自分のことは棚に上げて、筧は彼をまじまじと見る。彼はきょとんと大きな目で神城を見ていた。

〝研修医かな……〟

「初めまして。フライトナースの筧です」

篠川に頭を下げると、神城が言った。

「紹介しよう。彼は聖生会第二ナンバーワンの有能なフライトナース、筧深春くんだ」

「ナンバーワンではありませんが、有能は否定しません」

筧はぺこりと頭を下げる。篠川がふんと軽く鼻を鳴らした。見た目はクールだが、中身は案外わかりやすそうだ。不機嫌が簡単に顔に出る。

「……このドクターにして、このナースありですか。よくできたコンビだ」

嫌みなんだか、本音なんだかわからない言葉を吐いて、篠川はそれでも必要最低限の指示をしてくれる。

「パイロットとエンジニアの方は、そこの……右側のドアの中が管制室になっていますので、そちらで待機を。CSは？」

「おっつけ、車で追っかけてくる」

神城が答えた。篠川は頷き、センターに戻っていく。そのすらっとした後ろ姿を見送りながら、神城は着ていたフライトスーツのファスナーを下ろした。

「さてさて、ここでの扱いはどうかね」

「センター長自らお出迎えなら、悪くないんじゃないですか？」

筧は手に提げていたバッグをぐいと神城に押しつけた。

「花吹雪のお出迎えなんて、期待してなかったでしょう？」

「……心底、可愛くねぇな、おまえ」

「先生に可愛いなんて思われたくありません」

「はっ」

先にフライトスーツを脱いでしまおうと、管制室のドアを開ける。中は第二病院のものより少し狭いが、すっきりとしていた。ＣＳ用のデスクは広く、ずらりと並んだ五台の電話が壮観だ。今まで使っていなかったものとは思えないほど、マップの類いも揃っているし、コーヒーメーカーまであるのには驚いた。

「えーと……ロッカーはこっちですね」

筧は部屋を入って、右手の奥に進んだ。ドアはないが、更衣室は管制室と別室になっていた。十台ほどのロッカーが並んでいる。ネームプレートもきちんと貼ってあって、準備ができていることに驚く。

「何か……すごい歓迎ぶりって気がしますけど」

「どうだかな」

フライトスーツを脱ぎながら、神城が言った。

「上の方はそうかもしれねぇが、現場はそうじゃないと思うぜ。篠川の顔、見ただろ？」

「篠川先生？」

筧もスーツのファスナーを下ろす。中にはジャージ素材のスクラブを着ている。聖生会はすべての病院が同じ制服を支給している。ここでもこれでいいだろうと着てきたものだ。もっとも、向こうを出るぎりぎりまで仕事をしていたせいもあるが。

「不機嫌を人間にしたら、ああいう顔になる」

「もともとじゃないんですか？　第二にいらした頃から、ああいう目つきの先生だと思ってましたけど」

神城が吹き出した。

「まぁ……目つきは悪いよな。あれがなきゃ、結構な美形なのにな」

筧はさっさとフライトスーツを脱いで、ロッカーにしまった。バッグは少し考えてから、センターに持っていくことにする。中身は入っているが、中央病院では品揃《しなぞろ》えが違うかもしれない。

「よし」

神城もフライトスーツを脱いだ。下はスクラブだ。これに白衣を羽織るのが、神城のスタイルである。

「行くか」

いよいよセンターに乗り込むことになる。神城が憧れ続けた北米型ＥＲ。その実態はどんなものなのだろう。ここではどんなことが起こるのだろう。筧も少しだけわくわくしながら、管制室を出て、センターへのドアを開けたのだった。

ACT 2.

今日は雨だ。夜から降り始めた雨は朝になっても止《や》まなかった。雨に濡《ぬ》れた緑は美しいが、傘を差して歩かなければならないのがやはりうっとうしい。特に、筧《かけい》は足下が濡れるのが嫌いだ。スニーカーを履いて歩いているので、濡れると脱ぎ履きがしにくいし、靴下が湿るのも嫌だ。仕事中は裸足《はだし》にサンダルになるのでいいのだが、帰りにひんやりした靴下を穿くのが嫌なのである。

「おはようございます」

ロッカーで着替え、ぱたぱたとサンダルを鳴らして、早朝のセンターに出勤すると振り返ったのは、師長の叶律子《かなえりつこ》だった。

「おはようございます」

叶はいつも言葉遣いがいい。そして、基本は笑顔だ。しかし、笑っているからといって油断してはならない。笑顔のまま、優しい言葉で追い詰めてくることがあるのだ。怒らせるといちばん怖いタイプである。

「筧さん、今日は日勤ですか」

「はい、初療室詰めです」

二十四時間立ち上がっている電子カルテをちらりとのぞいて確認する。

「師長は夜勤ですか？」

「ええ。ババァをこき使わないでいただきたいわ」

「はは……」

にっこり美しい笑顔で〝ババァ〟とか言わないでいただきたい。叶は師長の中でも最年少でかなりの美人だ。センターの師長は特殊で、勤務も他のナースたちと変わらず夜勤も普通についている。師長を特別に扱うほど、センターの人員的に余裕がないのだ。

「今日の初療室は神城《かみしろ》先生かしら」

「はい」

センターの日勤は基本五人の医師で回す。三人が総合外来的な性格を持つ救急外来を受け持ち、二人が初療室に詰めて、救急車や外科処置を受け持つ。その他、研修医や病院からの応援が入る。センターは病院の付属という形にはなっているが、勤務時間も待遇も病院からは独立している。病院と一体になって、いわゆる一緒くたになるのを歴代のセンター長が嫌ったらしい。もちろん、今の篠川《ささがわ》もそうだ。病院と一体になってしまうと、どうしてもERとの間にいざこざが起きやすい。勤務時間も仕事内容も違いすぎる病院とセンターを一緒くたにしてしまうと、お互いの間に不満が出やすい。お互いに「あっちの方が仕事が楽っ」と言い合い、「あっちの仕事は受けたくないっ」になってしまうのだ。実際、第二病院ではそれが問題で、結局救命救急部を閉じることにまでなってしまった。

「神城先生と浅香《あさか》先生なんで、たぶん火花が散ります」

「あらあら」

　神城と同じ救命救急医の浅香直《ただし》は、性格のタイプがよく似ている。大胆で大雑把、声も動きも大きいタイプだ。それだけに、お互いが邪魔になることがある。一種の近親憎悪だ。神城はあの性格だから、それほど後を引かず、多少ぶつかっても、すぐに忘れてしまうのだが、浅香はそうはいかない。それでなくても、神城より先にセンターにいるという縄張り意識が強いのだ。後から来て、副センター長に収まった神城のことを何となくおもしろくなく思っているのは、誰が見てもわかる。

「じゃあ、筧さんにがんばってもらわないとね。神城先生を御せるのは、筧さんだけなんだから」

「師長、俺は馬かなんかか？」

　よく響く低音が聞こえて、筧はうっそりと振り向いた。

「足音忍ばせて来ないでください」

「気配を消していただけだ」

「忍者ですか」

一言で切って捨てて、筧は電子カルテに向かった。

「今日も朝からいっぱいですね……」

その時、電話が鳴った。救急車とのホットラインだ。

「はい、聖生会《せいせいかい》中央病院救命救急センターです」

ぱっと電話を取る。

「……雨で転倒……右腕が動かない？　腫れはありますか？」

メモをとりながら、筧は話を聞く。

「はい……はい……少々お待ちください」

電話を保留して、筧は振り返った。

「神城先生、北救急からです。三十代男性、コンビニの駐車場で滑って転倒。右肩、もしくは右上腕の骨折疑いです」

「はいよ、お受けください」

ふざけた調子で言うが、眼鏡の奥の目つきが変わっている。臨戦態勢だ。くるりと振り返って、出勤したばかりの浅香を手招きする。

「浅香先生、朝一のお仕事だよ」

筧は電話の保留を解除した。

「わかりました。受け入れできます。何分で来られますか?」

今日も一日が始まった。


救急車は病院の構内に入るとサイレンを消す。それで、センターのスタッフは救急車が入ってきたことに気づく。筧は駆け出していって、搬入口のドアを開けた。

「お疲れ様です」

救急車から飛び降りた救急隊員が駆け寄ってきて、筧に軽く頭を下げた。

「お願いします」

「右上腕の骨折疑いでしたよね」

「はい。腫れがひどくて。痛みも相当のようで、三角巾で固定はしてきましたが」

「了解です。バイタルに問題はありませんね」

「はい。えーと、血圧120／66、サチュレーション99パーセント、体温36・6℃」

「わかりました。どうぞ」

救急車の後ろが開き、ストレッチャーが引き出されてきた。バックレストを少し上げて、傷病者が青い顔で座っている。

「ゆっくりいきますからね」

隊員が声をかけ、ストレッチャーが運ばれてくる。

「お疲れ様」

神城が筧の後ろから顔を出した。

「どうした？　転《こ》けちゃった？」

「はい……雨で滑っちゃって……」

傷病者が震える声で答える。

「運が悪かったね。ちゃんと治すから、心配しなくていいよ」

神城が声をかけると、傷病者はふうっとため息をついた。安堵《あんど》のため息のようだ。

「筧、もう一度バイタルとってくれ。落ち着いてるようだったら、そのままレントゲンに行く」

「わかりました」

筧はさっと傷病者に駆け寄り、けがをしていない方の腕に血圧計のマンシェットを巻き、自動血圧計のスイッチを押す。

「息苦しくないですか？」

「……大丈夫です。ただ……腕が痛いだけで」

「……今は少し血圧が高めですが、バイタルは問題ないですね。神城先生、レントゲン行きます」

筧がテキパキと言うと、神城が頷《うなず》いた。

「俺も一緒に行く」

神城は腰が軽い。だいたいセンターの医師たちはみなそうだ。さっと動いて、自分の目で確かめる。

〝第二じゃ考えられなかったね……〟

第二病院にいた頃は、救命救急部に来ても、自分で動いてくれる医師はほとんどいなかった。データを揃《そろ》えて目の前に持ってこいというタイプが多かった。救命救急部の位置が悪く、放射線科に遠かったせいもあったのだろうが、レントゲン撮影に同行してくれる医師などいなかった。ここなら、神城はもちろんだが、他の医師たちもレントゲンやCTに同行してくれる。

「あ、俺も行く」

思ったとおり、浅香も言った。結局、筧と神城がストレッチャーを引き、浅香がついてくる形になった。レントゲン室も当然センターの中にある。常に技師が三人詰めていて、レントゲンや透視、CT、MRIをすぐに動かせるようにしている。

「高井《たかい》」

神城は撮影室の前で待っていた技師の高井茂秋《しげあき》に声をかけた。

「とりあえず右上腕二方向撮ってくれや」

「三角巾、外していいすか？」

「いいけど、気をつけろよ」

「了解っす」

ストレッチャーを撮影室に運び込み、レントゲンの撮影が始まった。パンパンに腫れ上がっている、骨折しているに違いない上腕をいったいどうやって撮影するのかと筧は思ったが、そこはやはりプロで患者に声をかけながら、高井はうまく撮影していく。

「うはぁ……大胆に折れてますねぇ」

ＦＰＤ（フラットパネルディテクター）のレントゲン写真は、撮影後ほぼタイムラグなしで画像が出てくる。患者に聞こえないように小さな声で、高井が言った。患者の上腕骨はど真ん中でぽっきりと折れている。上腕骨骨幹部骨折である。

「手術だな」

神城があっさりと言った。

「筧、先に初療室に戻って、シーネ準備しといてくれ。固定だけして、整形に渡す」

「わかりました」

筧が撮影室を出ると、その背中に神城の声が聞こえてきた。

「浅香先生、整形だと誰に任せればいいかな」

「そうですね……肩に近いから、織部《おとべ》先生がいいんじゃないかな。彼、肩の方が専門だって聞いてますし」

「わかった」

整形外科の織部宗之《むねゆき》は、たまにセンターにも応援に来る元気のいい医師だ。センター勤務を希望しているらしいのだが、センター長の篠川に却下されまくっていると聞いていた。『医長の駒塚《こまつか》先生に恨まれるじゃないか』が篠川の弁である。

「センターに来たがるなんて……」

シーネと包帯の太さなどを考えながら、筧は初療室に向かう。

「第二じゃ考えられないや……」

救命救急部に応援に来ることすら、医師たちは嫌がっていた。フライトドクターの資格を持っている医師たちはそれでも来てくれたが、新たにフライトドクターの資格を取るものはいなかった。みな、仕事が増えることを嫌がっていたのだ。しかし、ここでは違う。センターの医師たちはみなやる気に満ちているし、織部のようにセンター勤務を希望するものもいる。フライトドクターの資格を新たに取ろうという研修医もいる。北米型ERとして注目され、マスコミの取材も受けるセンターは中央病院の花形部署と呼ばれ、ナースたちの勤務希望も引きも切らないと叶が言っていた。

「どうして……こんなに違うんだろう……」

初療室に入ると、すぐにナースの南《みなみ》香織《かおり》が飛んできた。

「どうしたの？　筧くん」

筧が中途半端な表情をしていたのだろう。

「何かあった？」

「あ、いえ」

筧はきゅっと表情を引き締める。

〝いかんいかん。集中っ〟

「ソフラットシーネとエラスコット3号2本用意してください。上腕骨骨幹部骨折で、固定して整形に渡すそうです」

「はーい、了解。ソフラットシーネ、大きい方？」

「ですね」

すぐに南はシーネを準備し、包帯を2本用意する。と、すぐにストレッチャーが戻ってきた。

「ほい、お待たせ。固定するぞ」

毛布を外し、神城がシーネを手にして、ぐいと90度に曲げる。ソフラットシーネは、ソフトウレタンの中に針金が入っていて、自由に曲げることができる副木《そえぎ》だ。それを患者の上腕から手首にかけてあて、くるくると包帯で巻いていく。その手際は素早い。浅香は電子カルテに向かって、サマリーを記入している。いちいち言わなくても、自分のやるべきことがわかっているコンビネーションだ。神城と浅香はそりが合わないとも言われているが、正面切ってぶつかることなどない。お互いの手腕は認めているのである。

「お疲れ様です」

病院とセンターの間を隔てる二重の自動ドアが開いて、足早に入ってきたのは、神城と体格的に見劣りのしない大柄な医師だった。雰囲気は昭和な男前だ。

「お疲れ、織部先生」

「お疲れ様です」

筧も織部には見覚えがある。フライトドクターの資格は取っていないが、センターの夜勤にたまに来るからだ。

「患者さん、引き取りに来ました」

「相変わらず熱心なこった」

神城が笑った。

「織部先生、センター好きだなぁ」

包帯を巻き終わり、神城は織部に向き直った。患者の方は筧が見て、膝の上に枕を置き、腕を支えるようにした。固定しただけで、痛みはずいぶん楽になる。患者の顔色が戻ってきた。

「バイタル、問題ありません」

「了解。織部先生も一緒に話聞いてよ」

「はい」

　神城は患者の方に向かった。

「お疲れ様。指先しびれてない？」

「だ、大丈夫です……」

　神城の問いに、患者はこくりと頷いた。

「あなたの病名は右上腕骨骨幹部骨折。右上腕の骨が真ん中で折れてしまったんだよ」

　いつもは少し早口な神城だが、患者に向かう時はゆっくりとした口調になる。

「これが折れた骨。こういう状態になっているから……」

　モニターを患者の方に向けて、神城は説明を続ける。

「手術で骨を元に戻して、固定してやらなければならない。いいね？」

「はい……」

　後を引き取って、織部が言う。

「手術は明日の午後を予定しています。入院は一週間くらい。固定さえしてしまえば、リハビリも特に必要ないと思います。完全に治りますので、ご心配なく」

「あ、ありがとうございます……」

「じゃあ、神城先生、浅香先生、患者さんを病棟に連れていきますので」

「はい、よろしく」

「あれ、織部先生」

南がシーネの入っていた袋を片付けながら、くすりと笑った。

「いいんですか？　篠川先生にご挨拶しなくて」

「え」

織部がぽっと赤くなった。まるで初々しい少年のような反応に、神城はきょとんとしている。

「い、いや、診療中でしょうから……はは……」

病棟から降りてきたナースが到着して、ナース同士の簡単な申し送りがあって、患者はナースと織部に連れられて、病棟に上がっていった。

「南、篠川先生にご挨拶って？」

織部を見送って、神城が南に尋ねた。南がくすっと笑う。

「織部先生、篠川先生の大ファンなんです。何でも、学生時代からの憧れの君だそうで」

「は？　織部先生は英成《えいせい》の出身じゃないだろ……？」

「英成？」

「あ、いや、何でもない……」

神城はごにょごにょと言葉を濁して、くるりと後ろを向いた。浅香が何だ？　という顔をしている。

「神城先生」

センターには、救急外来という名の総合外来が三診あり、初療室に入らない患者を診ている。そこのドアが開き、ひょいと篠川が顔を出した。

「暇？」

何とも端的な問いだ。きりっとした一重のアーモンドアイが神城を見ている。神城は苦笑して頷いた。

「今、手が空いたところだ。何だ？」

「紹介のＤＶＤ、ちょっと見てもらえる？」

「いいぞ」

さっと走っていく神城の後ろ姿を見送って、筧はふっと肩をすくめた。ここは本当に神城を必要としている。生き生きと走る神城を見ながら、筧はそっと息を吐く。

ここならあなたは、唇を噛《か》みしめずにすむ。ぎりぎりに張り詰めた雰囲気を発散せずにすむ。

ここには……あなたの理解者、あなたを必要としている人が……多すぎる。

ACT 3.

五月になって、空はいっそう青く、高くなった。真っ白な雲がもくもくと湧く日は、まるで初夏のように暑い。

「新入職員歓迎会？」

「はいー」

めずらしく神城《かみしろ》が病棟に上がった日は、最高気温が三十度に達していた。

「暑気払いの間違いじゃないのか？」

処置や回診時の病棟は人手が足りない。ちょうどセンターの患者が切れたのを幸い、神城は筧《かけい》と共に入院の患者を送ってきていた。患者を病室に送り届け、ベッドへの移動を手伝って、申し送りのためにナースステーションに寄った時のことだった。

「一週間後とか急なんですけど、よろしかったら、顔だけでも出していただけませんか？」

ここは内科を中心とした第四病棟だ。聖生会《せいせいかい》中央病院は脳神経外科を中心とした第一病棟、整形外科を中心とした第二病棟、腹部外科、胸部外科の第三病棟、内科系の第四、第五病棟、産婦人科と小児科の第六病棟、混合の第七病棟と分かれている。

「ここは何人入ったの？」

「新入、異動含めて、七人です。センターからの入院もうち多いので、ぜひセンターの先生にもいらしてほしくて」

「一週間後……金曜日？」

神城は少し考えていた。自分の勤務を思い出しているのだろう。センターの勤務表は複雑だ。センター専従の医師の他に、病院から応援が入り、その上、救急外来と初療室の担当、日勤、日勤夜勤、夜勤、遅番が入り交じり、その上、ヘリ番もある。浅香《あさか》が勤務表を作っているのだが、あまりに複雑なので、彼はパソコンで機械的に作っているらしい。頭で考えていたら、とてもじゃないがやっていられないのだ。だから、勤務交代するなら個人的に交渉するしかない。こっちをずらし、あっちをずらししていたら、収拾がつかなくなるのだ。

「えーと……確か遅番だったから、午後八時過ぎでもいいなら、顔出せるよ」

「よろしいんですか？」

声をかけてきたナースが嬉《うれ》しそうに言う。

「やったーっ！　みんな喜びます」

「そうなのか？」

神城はきょとんとしている。

「俺でいいの？」

「先生だからいいんですっ！　うちの病棟、先生のファン多いんですよー」

「へぇ、俺のことなんて、知ってるの？」

「ええ」

西村《にしむら》というネームプレートをつけたナースは、にこにこしている。

「先生、よく患者さんを送ってきてくださるでしょう？　それに、うちの病棟、第二からの異動組が結構いるんです」

「……へぇ」

神城は苦笑している。手の甲でひょいと眼鏡を押し上げながら、照れたように笑う。クールな感じの強い容姿だが、こんな風に笑うと意外に可愛《かわい》い感じにもなる。少なくとも、親しみやすい感じにはなる。

「第二にいた頃の俺って、すげぇ感じ悪かったと思うんだけど」

筧はちらっと神城を見た。

〝へぇ……自覚はあるんだ〟

自覚はあっても、どうにもならなかったのだろう。それだけに、あの頃の神城の苦しさがよくわかる。

「そんなことないですよ」

西村は力説する。

「みんな……わかってました。先生がつらいこと。ちゃんとわかってたんですよ」

「……ありがとな」

神城はにっこりした。

「そう言ってもらえると……嬉しいな」

他のナースたちもきゃっと声を上げている。

〝本当に……人気あるみたいだぞ〟

筧は思わず目をぱちくりしてしまう。確かに今の彼は一般受けするタイプだとは思うが、第二病院の頃の彼は常にぎりぎりに張り詰めていて、触れたら火花が出そうだった。

「あ、そうだ」

西村が、神城の後ろに隠れるようにしていた筧に声をかけてきた。

「筧さんもどうですか？　ご予定はいかがですか？」

「え？」

突然話を振られて、筧はきょとんとしてしまう。

「俺……ですか？」

「ええ。うち、男性ナース少ないし、筧さんと話してみたい子も多いんです」

「あー、あんまりこいつを持ち上げないで。これ以上、いい気になられたら困るから」

神城が遮ってくる。筧は後ろから神城の膝裏を軽く蹴飛ばした。

「これ以上って何です？」

「うわぁ、筧さんやるー」

「てめ、筧っ」

神城が振り返った。

「張り倒すぞっ」

「できるものなら」

筧は落ち着いて言った。

「俺、一週間後の金曜日は日勤ですんで、喜んでお邪魔します。この猫かぶりドクターの秘密をいろいろ暴露しますんで、楽しみにしていてください」

「こら、筧っ」

筧はさっと素早く駆け出した。

「後で、場所と時間教えてくださいねーっ」

「こらぁ、筧ーっ」

第四病棟の新入職員歓迎会は、病院近くのワインバーを借り切って行われた。さすがに女性が多い飲み会だけあって、場所もおしゃれである。

「それで？　神城先生って独身なんですか？」

ナースたちも私服に着替えれば、ただの女の子たちだ。ワインやカクテルを飲みながら、楽しそうに筧を取り囲む。

「独身ですよ。結婚したとは聞いてません」

「年は？　いくつ　いくつ？」

「さぁ……正確な年齢は俺も知りませんけど、三十代の半ばくらいだと思います。ああ、センターの篠川《ささがわ》先生の二つ上ですよ」

「えぇー、篠川先生の年なんて知らないもん」

ナースたちはきゃあきゃあとかしましい。

「篠川先生って年齢不詳だもんねぇ」

「整形の織部《おりべ》先生の方が老けてない？」

「織部先生は老けてないよー。篠川先生が三十代に見えないだけだって」

筧はあまり酒が飲めない。体質的に飲めないわけではなく、単純に酒が弱いのだ。下手に酔っ払ったら、後から来る神城に何を言われるかわかったものではないので、ノンアルコールのカクテルを作ってもらって飲んでいる。ジンジャーエールとグレナデンシロップのカクテル、シャーリー・テンプルだ。レモンスライスをかじるときゅっと口角が上がった。ナースたちが可愛いっと言ってくれる。あまり、言われ慣れていない形容詞である。

「神城先生って、どこに住んでいらっしゃるんですか？　病院の近く？」

「近いですね。歩いて二十分くらいです」

「わぁ、ご自宅知ってるんだ」

「マンション？　高級マンションとか」

「篠川先生、タワマン住まいなんだよね。ほら、ここからも見える……」

ナースたちはよく知っている。

〝情報網すげー〟

ローズマリーの香りのするポテトを摘まむ。ただのフライドポテトもさすがにおしゃれである。

「神城先生はマンションにお住まいじゃありません。広いですけど、普通の日本家屋ですよ」

「え、そうなの？」

「何か、意外……」

「先生のご実家の持ち物と聞いています。マンションを買うまでの繋《つな》ぎとは聞いてますけど……」

筧が言った時、後ろからひょいと長い腕が伸びてきた。

「いてっ」

筧の頭を軽く張り飛ばして、すとんとその隣に座る。

「個人情報の漏洩《ろうえい》は褒められねぇなぁ」

「神城先生っ」

「わー、お疲れ様ですーっ」

ナースたちの声が一気に華やいだ。神城は微《かす》かにミントの香りをさせていた。仕事の後、シャワーを浴びてきたのだろう。まだ少し髪が濡《ぬ》れている。

「遅れて失礼。間に合った?」

「先生なら、いつでもOKですっ」

幹事役らしい西村が飛んできた。今日は彼女もシックなワンピース姿だ。

「何お飲みになりますか?」

「ビール……って言いたいところだけど、ここワインバーだよね。じゃあ、スパークリングワインでももらおうかな」

神城の返事に、西村はにっこりして頷《うなず》いた。

「今お持ちしますねっ。先生、来ていただいて感激ですっ」

「おう、サンキュ」

グラスを片手にしたナースたちがわらわらと寄ってくる。

「うわ……」

潰されそうになって、筧は声を上げた。

〝人寄せパンダ……〟

ワインバーは、メゾネットのような構造になっていた。その二階部分からもナースたちが降りてくる。今日の出席者は何人なのだろう。びっくりするくらい人がいる。

〝全部ナースか？　それにしても多くないか？〟

「神城先生、お待たせしましたぁ。どうぞ」

「ああ、ありがとう」

ふわふわと気泡の上がるフルートグラスが神城に渡された。こんな優雅な代物は神城に似合わないかと思ったが、もともとインテリくさい顔なのでそれなりに似合う。

「じゃあ、メインゲストが来たところで……」

「おいおい」

西村の言葉に、神城が苦笑した。

「新入職員歓迎会じゃないのか？」

「それはさっきまで。今から神城先生の歓迎会に切り替えます」

はーいと、その新入職員たちまで頷いている。

〝ま、いっか……〟

筧は肩をすくめた。

「こーら」

また隣から頭をはたかれた。少し不機嫌に、筧は顔を横に向ける。涼しい顔をしている救命救急医が憎たらしい。

「人の頭だと思って、ぽんぽん叩《たた》かないでください」

「ばーか、人の頭だから叩いてんだよ。自分の頭叩いてたら、ただの危ない奴《やつ》だ。せっかくの宴席だ。しらけた顔するんじゃない」

「別にしらけてませんよ」

みんなが集まったことを確認して、西村が声を上げた。

「じゃあ、改めて……かんぱーいっ」

「かんぱーいっ！」

華やかな声が広がり、笑顔がはじけた。ナースたちの職場では決して見られない全開の笑顔に、筧はまぶしいものを感じる。

〝こんな笑顔……俺、見たことあったっけ……〟

筧は大学の看護学部から、ドクターヘリが配備されていた聖生会第二病院に就職した。

今から六年前だ。そして、半年前にこの中央病院に移ってきた。第二では最初病棟に行き、三年後に救命救急部に移った。最後に飲み会らしい飲み会に出たのは、病棟を離れた時だ。一応送別会をしてもらい、救命救急部に行った。

〝救命救急部にいた時は……飲み会なんてする雰囲気じゃなかったもんな……〟

救命救急部は、最初から困難な船出だった。スタッフもシステムもできないうちにドクターヘリが就航してしまい、その混乱を抱えたまま、救命救急部は発足した。ほとんど神城の独断と力業で船出しただけに、周囲の理解はなかなか得られなかった。

センターに来てから、ようやく少しだけ飲みに行けるようになった。病院近くの『le cocon《ル・ココン》』だ。神城が卒業した中高一貫教育学校の後輩がマスターをしているというので、出かけてみたのだ。神城が卒業した英成《えいせい》学院という学校は不思議な学校だった。筧は名前も聞いたことがないのに、名門校として一流大学に多くの卒業生を送り込み、そのほとんどが医師や弁護士、検事、官僚になっているのだという。いわゆる隠れたる名門校というものらしいが、その実態がまったく伝わってこない。ただ、縦の繋がりが異常に強い学校だということはわかる。筧は国立大学の付属中学と付属高校を出たが、その先輩、後輩などほとんど記憶にないし、会おうとも思わない。その学校の後輩がいるからと、わざわざバーまで出かけていく神城の行動も理解できなかった。まぁ、店は雰囲気がよかったし、上品なマスターの作ってくれるカクテルもおいしかったので、よしとしたが。

「しかし、中央病院は美人揃《ぞろ》いだな」

神城がご機嫌で言った。

「センターも美人が多いが、第四病棟も美人揃いだ」

「褒めたって、何にも出ませんよー」

「あ、私、今度先生が病棟に来られたら、コーヒーいれまぁす」

「あー、抜け駆けーっ」

かしましいことである。筧は、神城の人気ぶりにちょっと驚いていた。神城はセンターの専属で、病棟には患者の送りで行ったり、申し送りに行ったりするくらいだ。他の医師たちほど頻繁に出入りしているわけではないのだが、新入職員まで神城を憧れの目で見ているのには驚いた。

〝何で知ってるんだ?〟

「ほら、百合《ゆり》ちゃんっ」

西村がまだ少女のようなナースの肩をつついている。

「憧れの神城先生だよっ」

「に、西村さんっ」

「何だ?」

気持ちよくスパークリングワインを飲み干して、神城は首を傾《かし》げた。すぐに一人のナースが走っていって、お代わりのワインを持ってきた。ついでにボトルごと持ってくる。

「はい、先生」

「サンキュ。ねぇ、俺がどうしたって?」

神城は酒に強い方だと思う。『le cocon』でも、かなりの量を飲むのだが、乱れたところを見たことがない。足下どころか、言葉一つ怪しくならないのだからたいしたものだ。今日もワインを水のように飲んでいる。

「もうっ、自分で言いなよね。先生、この子ね、先生に診てもらったことあるんですって」

「え?」

神城は眼鏡を軽く押し上げた。

「俺?」

「先生が大学にいらっしゃった頃、診ていただいたんですって。交通事故で」

「へぇ……」

西村に肩をどつかれて、百合ちゃんと呼ばれたナースは顔を真っ赤にして言った。

「あ、あの中学生の頃です。せ、先生の名字少し変わってるから、ずっと覚えてて……最初は医学部に行きたかったんですけど、無理で……それで、ナースに……」

「先生に憧れてたんですって」

「うっわぁ、俺が大学にいた頃って、後期研修終わったばっかの頃じゃん。恥ずかしいぞ」

神城がくすくすと笑っている。

「でも、ありがとうな。それで医療職に就いてくれたんなら、嬉しいよ」

〝ふぅん……〟

筧は新しく作ってもらったバージン・ブリーズを飲みながら、ちらりと神城を見た。彼は落ち着いた穏やかな表情をしている。驕《おご》るでもなく、謙遜しすぎるでもなく、淡々と受け入れている感じだ。

〝こんなの……慣れてるって感じだな〟

「はいっ」

新人ナースは涙ぐんでいる。神城はその頭をぽんぽんと撫《な》でて言った。

「がんばってな」

「は、はいっ」

「あーあ、何だか褒められたりしたら、暑くなった。ちょっと涼んでくるな」

やはり照れているのか、神城はグラスを持ったまま立ち上がった。

「筧」

「はい？」

筧は顔を上げた。いつものように、神城の顔には酔いはみじんも見えない。彼は筧の飲んでいるグラスをひょいと取り上げた。

「何だよ、ジュースかよ」

バージン・ブリーズはクランベリージュースとグレープフルーツジュースのカクテルだ。さっぱりとしていて飲みやすい。

「俺、ワインとか頭痛くなるんです」

「何、繊細なこと言ってんだ」

神城は筧の頭をぽんと叩いた。

「俺の席、取っといてくれよ」

「はいはい」

神城は西村を振り返る。

「ここ、外出られる？」

「あ、はい。二階にテラスがありますよ。風が気持ちいいです」

「そこがいいや。風呂上がりだから、暑くてよ」

悪いなと言い残して、神城は二階のテラスに上がっていった。

〝遅いな……〟

神城が席を立って、二十分ほどが過ぎた。ナースたちが気を利かせて、料理を取り分けてくれているが、神城は一向に戻ってこない。彼に限って、酔って戻ってこれないということはあり得ない。

「へぇ……神城先生って、ご実家がいいおうちなんですね」

「……さぁ、そこまでは知りません……」

二杯目のシャーリー・テンプルを飲みながら、筧はちらりと二階への階段を見ながら答える。

「でも、今住んでるの、ご実家の持ち物って、家を最低二軒は持ってるってことでしょう？」

ナースの一人に聞かれて、筧は曖昧に頷く。

「ああ……まぁ、確かに先生しか住んでませんね。結構大きい家なんですけど……」

「ねぇねぇ、筧さん、先生って……恋人とかいるの？　つきあってる人とか……」

「いそういそうっ」

「あの……」

筧はそっと立ち上がった。

「俺、ちょっとトイレ行ってきますね」

「えー、逃げちゃうのー？」

「違います違います」

筧は笑いながら言う。

「でも、神城先生のことなら、俺より本人に聞いた方がいいですよ。ああいう人なんで、聞かれたことはぺらぺらしゃべりますから」

そして、身軽に小走りになる。

「トイレ、二階でしたよね」

軽く階段を駆け上って、筧は二階へ上がった。


一階のテーブルを見下ろせる二階席のテーブルを縫ったところに、テラスに向かって開いたガラス扉があった。涼しい風が吹き込んでいる。筧はぽつぽつと灯《とも》った明かりでわずかに明るい外をすかし見た。

〝いた……〟

テラスの手すりに両手をかけて、神城は明かりの消えることのない病院を眺めていた。手にはスパークリングワインの入ったグラスを持って、時々ゆっくりと飲んでいる。

「先……」

「先生」

筧が声をかけようとした時、歯切れのいいアルトが聞こえた。

〝え？〟

筧から見えない陰に誰かがいたようだった。薄明かりの中に、きれいなプロフィールが浮かび上がって見えた。

〝誰だ……？〟

長い髪をさらさらと風になびかせた美人だった。ナースはみな髪をまとめているので、私服になって髪をほどくと、誰が誰だかわからなくなってしまう。

「……おまえ、安藤《あんどう》……安藤綾乃《あやの》か？」

神城が少し戸惑った声を出していた。

「何で、こんなとこにいるんだよ」

「何でって、私、第四病棟の主任なんだけど」

安藤と呼ばれた美人がクールに笑った。

〝そういえば……夜勤で見たことあるかも……〟

筧は何となく出ていく機を失って、そっと柱の陰に隠れたまま、テラスをのぞき見た。

〝……美人だ。ちょっと怖そうだけど〟

「いつこっちに異動したんだよ」

その神城の言葉で、彼女が第二病院にいたことがわかった。しかし、筧には記憶がなかった。

〝俺、あんまりまわりを見てなかったからなぁ……〟

「もう二年になるよ。先生、私が第二にいなくなったことなんて、知らなかったんでしょう」

「知るかよ」

神城はあっさりと答えた。

「あっちにいた俺に、そんな余裕あると思うか？」

「それこそ知らないわよ」

安藤があははと笑う。彼女は神城に近づき、その隣に立った。

「でも、先生、何か雰囲気変わった気がする」

「そうか？」

スパークリングワインを一口飲んで、神城は安藤を振り向いた。

「別に俺、変わってないと思うけど？」

「そんなことないわよ」

安藤の口調はさばけている。長い髪をさらりとかきあげて、彼女は神城に微笑《ほほえ》んだ。

「ハンサムなのは相変わらずだけどね」

「そりゃどうも」

「でも、第二にいた頃はもっとピリピリして怖かった。それが格好いいって子もいたけど、仕事はしづらかったわね。結構、目が怖かったよ」

「はは……」

神城は照れくさそうに笑っている。

「……悪かった。あの頃はいっぱいいっぱいだったんだ」

「そんなの知らないわ」

安藤はつけつけと言うが、嫌な感じはしなかった。からっと乾いている言い方だ。ふわふわと少しあたたかい夜風が吹いてくる。神城の乾きかけた髪から微かにミントの香りがしている。

「うちの子たちが先生を飲み会に誘いたいって言ってきた時、正直、私反対したんだよね。神城先生、格好いいけど怖いよって」

「俺、別に酒癖は悪くないぜ？」

「そういう問題じゃないってわかってる癖に」

安藤は赤ワインのグラスを持っていた。酒には強いらしく、かなり速いペースでグラスを口に運んでいる。

「第一、先生、来てくれると思っていなかったしね。誘うだけ無駄だって」

「まぁ、そう思われても仕方ないよな」

神城は正直に言った。スパークリングワインは飲み干してしまい、グラスを手の中でもてあそぶ。

「確かに、第二にいた頃の俺だったら、病棟の飲み会になんて来なかっただろうしな。救命救急部の専従は俺一人だったから、酒なんてほとんど飲めなかったし……飲みたいとも思わなかった。それに」

神城はふっと苦く笑った。

「病棟の飲み会になんて行けるかよ。俺が何て言われてるかなんて、わかってら。勝手に患者を受けて、勝手に病棟に放り込んでくる自分勝手な医者……」

「先生……」

〝そんなこと……考えてたんだ……〟

あまり聞くことのなかった神城の本音に、筧は言葉を失う。

〝冗談でそんなことを口にすることはあったけど……本気で思ってたなんて……〟

「つるし上げられるのはごめんだよ。俺って、意外と繊細なんだ」

「つるし上げなんて、しないよ」

安藤が神城の肩をぽんと軽く叩く。

「みんな、先生には興味あったしね。ただ、そういう雰囲気じゃなかったってだけ。でも、今日も来てくれるとは思ってなかった。先生、相変わらず忙しそうだし」

「忙しいのは好きだよ」

神城が落ち着いた口調で言う。

「やりたいことがあるのに、やれない方がつらい。やることがない方がつらい。今みたいに、必要とされて、走り回っている方が俺の性には合う」

「だねー。今の先生、すごい生き生きしてるもん。うちの子たちが先生にはあんまり会えないのにファンなの、わかる気がする。今の先生、本当に格好いいもん」

「褒めても、何にも出ねぇぞ」

「あら？　そうなの？」

二人が笑い崩れる。

〝何か……仲いいな……〟

神城とこんなにフランクに話す女性を、筧は見たことがなかった。神城は誰にでもタメ口で親しげに話すが、こんなに本音をさらしているのは初めて見た。

〝先生が本音を言うのは……俺だけだと思ってたのに……〟

誰にでも冗談口はきくが、弱みは見せない。それが神城だと思っていたのに。少し身体《からだ》を前に出して、声をかけようとして、筧はふっと上げかけた手を戻した。

〝俺だけだと……思ってたのに〟

そっとその場を離れながら、筧は自分が少し傷ついていることに驚いていた。

ACT 4.

エアコンの乾いた風が涼しく吹いている。

「今日も暑いなぁ……」

太陽がいっぱいに輝いている外を見ながら、筧《かけい》はつぶやいていた。

「今の時期は、晴れると暑いよね」

処置に使った器具を洗浄しながら、南《みなみ》が言った。ざっと洗剤で洗った後、超音波洗浄にかけ、その後滅菌にかける。ほとんどの器具は中材（中央材料室）でガス滅菌にかけるが、センターにはオートクレーブもある。よく使う小型の器具はオートクレーブで滅菌にかけるのだ。

「筧くん、どっか遊びに行きたいんじゃない？」

日曜日の午後である。筧と南は日勤だ。

「俺、あんまりアウトドアじゃないんですよ」

筧は圧布についた血液をざっと水で落としている。

「休みは何してるの？」

南が尋ねてきた。筧はうーんと考える。

「そうですね……洗濯と掃除して、後はごろごろしてますよ」

「筧くん、一人暮らしだっけ」

筧は頷《うなず》いた。

「です。第二の時は寮にいましたけど、こっちに異動になったんで、アパート借りました。こっちの寮、女の子だけなんで」

「あ、そっか」

中央病院には、隣接する敷地《しきち》に看護師寮が完備されている。しかし、人数のバランスもあって、入寮は女性看護師のみだ。

「でも、アパートの方が自由でいいんじゃない？」

ゴム手袋を切らないよう気をつけて、クーパー（鋏《はさみ》）を洗いながら、南が言う。

「私も寮出ようかなー」

「お金かかりますよ。寮費安いし、寮の方が金貯《た》まります」

筧が言った時、電話が鳴った。

「あ、私出まーすっ」

さっとゴム手袋を外して、南が手を上げた。

「はい、聖生会中央病院救命救急《せいせいかい》センターです」

救急車とのホットラインだ。筧も手を止めて、南を見た。

「……はい……はい……わかりました。ドクターに確認します」

南が保留ボタンを押す。

「神城《かみしろ》先生」

「はいよ」

今日の初療室主任は神城だった。日曜日は救急外来は休みで、初療室だけが稼働している。その空いている救急外来ブースで患者を診ていた神城が初療室に戻ってきていた。

「どうした？」

「十歳男児、川での溺水です。ＣＰＡ（心肺停止）、バイスタンダーＣＰＲ（心肺蘇生《そせい》法）実施、現在救急隊員により続行中です。十五分で到着可能」

「受け入れする。大至急突っ走ってこい」

「わかりました」

南が承諾の返事をした。

「受け入れします。搬送してください」

救急車が到着したのは、それから十二分後だった。

「お願いしますっ」

ストレッチャーが運び込まれる。その間もＣＰＲが続けられている。

「ＡＥＤでの除細動には反応ありませんでした」

「モニターっ」

神城の指示に、筧が素早く患者の胸を開いて、モニターを装着する。

「心静止です」

「カウンターショック。３６０Ｊ」

南がカウンターショックを準備する。

「除細動かけるぞっ。離れて」

カウンターショックのパドルにゼリーをつけて、患者の胸に当てる。

「離れてっ」

ドンッとショックがあった。モニターはフラットのままだ。

「もう一度」

再び、カウンターショックに充電が行われる。

「筧、挿管とルート確保の準備しとけっ」

「はいっ」

「よーし、行くぞ」

再びパドルを手にする。

「離れてっ」

ショックがあった。

「反応しませんっ」

「筧、ルート取れるかっ」

「ルート取ります」

筧が素早く静脈路を確保する。1号液を繋《つな》ぎ、滴下を確認する。

「よし、ボスミン1mg流せ」

「はいっ」

「南、挿管するぞ」

「はいっ」

全力で神城は突っ走る。すべては命を取り戻すためだ。

「よし、見えたっ。チューブくれ」

「はいっ」

喉頭鏡で喉頭を展開し、するりとチューブを差し込む。緊急時の神城の腕の切れ味は凄《すさ》まじい。バルーンを膨らませてチューブを留置し、テープで固定する。

「先生、心室細動ですっ」

アドレナリンを流しながら、モニターを見ていた筧が言う。

「よし、もう一度除細動するぞ」

神城は諦めない。目の前にある小さな命を引き寄せる。カウンターショックが用意され、三度のショックがかけられる。

「よし……戻ったっ」

自己心拍がついに再開した。

「筧、体温どうだ」

「33・8℃です」

神城はモニターをにらみつけながら考える。

「心拍、落ち着いてるか？」

「はい。自発呼吸はまだ再開しません」

「ジャクソンリースで10l《リットル》流せ。レントゲン呼んで、胸部大至急撮って」

「はいっ」

神城は全力で突っ走り、筧はそれに併走する。

「レントゲン撮ったら、バイタルが落ち着いてるうちに、頭部CT行くぞ」

「CT準備させておきます」

「レントゲン来ましたー」

診療放射線技師の高井《たかい》がポータブルを押してやってくる。

「胸部撮ります」

「モニターそのままでいい。一発撮ってくれ」

「了解っす」

初療室は、患者の命を繋ぎ止めるために、全力で動いていた。


患者が駆けつけた脳神経外科医と共に病棟に上がり、初療室はほっとした空気に包まれていた。誤嚥性肺炎《ごえんせいはいえん》と低酸素脳症の疑いがあり、まだまだ安心はできないが、CPAで来院した患者の命を繋ぐことはできた。

「お疲れ様」

溺水の患者と同時に外傷が続けざまに入り、離れた場所で次々に処置を行っていた篠川《ささがわ》が近づいてきた。

「ほい、お疲れ。篠川先生も大忙しだったな」

神城の労《ねぎら》いに、篠川は軽く頷く。

「まぁね。お互い様だよ。神城先生、大車輪だったね」

初療室は一波去って、ナースたちが後片付けをしている。あれだけぎらぎらと輝いていた太陽も少し西に傾いて、光が柔らかくなっていた。筧は救急ワゴンの中の薬剤を確認し、足りなくなったものを補充していた。そこに病院との間の自動ドアが開く音がした。

「患者さん？」

近くにいた南が振り返るのに、筧もつられて振り返った。

「あ……」

「神城先生」

入ってきたのは、華やかな感じのする美人だった。顔だけだとわからなかったかもしれないが、髪をいつものようにまとめているので、私服でも、彼女が誰かわかった。

〝安藤《あんどう》さん……〟

「おお、どうした？」

篠川と話していた神城がわずかに首を傾《かし》げた。篠川はきょとんとしている。安藤に見覚えがなかったのだろう。篠川はセンター長としての仕事もあるため、多忙だ。さすがに、病棟ナースの顔まで覚えていられないらしい。

「先生、あの子を、歩《あゆむ》くんを……助けてくださってありがとうございました……」

「歩くん……？」

神城は少し考えてから、ああと頷いた。

「さっきの溺水の患者だな。確か、榎本《えのもと》歩って名前だったな……って、何でおまえが？」

「神城先生の彼女？」

篠川が横から口を出した。筧はぎくりとする。隣にいた南もびっくりして固まっていた。神城だけが軽く笑い飛ばす。

「第四病棟の安藤主任だ。俺とは第二病院時代からの顔見知りだ。俺の彼女だなんて、失礼なこと言うな、篠川先生」

「そりゃ、失礼」

さらっと流して、篠川はさらに言った。

「で？　先生の彼女じゃないあなたがどうして？」

「あの……」

神城と篠川の軽口についていけないらしく、安藤は少し言いよどんでから言った。

「さっきの……歩くん、町内会の川遊びで溺れたんです。私は世話役を頼まれていて……」

「ああ、現場でＣＰＲやってたバイスタンダーってのは君か」

神城が納得したように頷く。

「道理で。救急隊員たちがしっかりしたＣＰＲだったって褒めてたぜ。それがあったから助かったんだって、俺は思ってる」

「先生……」

安藤の目から、ぽろっと涙がこぼれた。さすがの神城も少し慌てた顔になる。安藤は泣き笑いのような顔になって、涙を拭った。

「す、すみません……何か……ほっとしちゃって」

「こらこら、泣くな」

「うわぁ……神城先生が焦ってる……」

後ろを通りながら、南が目をぱちぱちとさせている。

「めずらしい……」

「南っ」

「きゃあっ、中材行ってきまぁすっ」

南が笑いながら、センターを出ていった。安藤が取り出したハンカチで涙を拭う。

「私、ナースだからって、世話役頼まれてて……それなのに、歩くんをあんな目に……すごく責任感じちゃって……」

「世話役はあなた一人じゃないでしょう？　他にも大人はいたはずだし、子供を連れていっているなら、その大人全員に責任はある」

篠川がクールに言う。

「だから、あなた一人が責任をしょい込むことはない」

「篠川先生……」

「そのとおりだな」

神城も言う。

「彼が溺れたのは不幸なことだったし、防げたことかもしれないが、その責任がすべて君にあるわけじゃない。君はベストを尽くしたと思う」

「……ありがとうございます」

安藤はまた涙を拭う。筧はそんな彼女をじっと見ていた。

〝……美人で……仕事できて……責任感強くて……完璧じゃん……〟

出しっぱなしになっていた薬品のアンプルを片付け、ふうっとため息をつく。

〝神城先生がこんなに人を褒めるの……見たことないかも〟

神城は篠川ほど人に厳しくはないが、口が悪く、ストレートに人を褒めることは少ない。筧も実力は認めてくれていると思うが、褒められたことはない。

〝別にうらやましくはないけどさ……〟

「私、神城先生なら絶対に助けてくれるって思ってました」

涙をようやく飲み込んで、安藤は言った。

「だから、センターに受け入れしてもらえるって聞いて、絶対に助かるって思いました」

「……別に俺じゃなくたって、助けたぞ」

眼鏡を外して、羽織った白衣の裾で拭きながら、神城はふんと視線をそらす。

〝わ、照れてる……〟

「だろ？　篠川先生」

「まぁ……ここはセンターだから」

篠川が肩をすくめる。やってられないという顔だ。篠川は感情が顔に出やすい。一見ポーカーフェイスの不機嫌顔だが、それは、ただおもしろくないという感情がただ漏れになっているだけなのだ。彼は機嫌がいい時の方が少ない。今日もちょい不機嫌という顔だ。

「誰が担当しても、ベストは尽くしたし、ベストを尽くせば、ある程度結果はついてくるだろうな」

「あ、す、すみませんっ」

安藤が慌てて謝る。

「も、もちろんですっ」

「ま、実際、今回患者を引き戻したのは、神城先生だからね。たっぷり賞賛してあげて。この人、褒められるの好きだから」

「篠川先生」

神城が眼鏡をかけ直した。眼鏡のない彼の顔は少し目尻が下がり気味の目のせいで、いつものインテリ顔とは印象が変わる。眼鏡をかけて冷静なインテリ顔を取り戻して、神城はじろりと篠川を見た。

「俺をからかっておもしろいか？」

「もちろん」

おもしろくもない顔をしてから、篠川はくるりと背を向けた。

「神城先生くらいからかい甲斐《がい》のある御仁はなかなかいない」

「よく言うぜ、まったく……」

篠川はさっと肩をそびやかして、医局の方に去っていった。一段落したので、お茶でもしようというのだろう。ふと気づいたように、神城が振り返った。

「筧」

「はい」

ワゴンのところで膝をつき、下の引き出しを確かめるふりをしていた筧はゆっくりと立ち上がった。

「何ですか？」

神城がにっと笑った。

「俺にいつものやつ、くれるか？　一仕事終わったら、喉が渇いちまった」

「あら、お茶なら……」

安藤が肩にかけていたバッグの中を探るのに、神城は首を横に振った。

「サンキュ、安藤。でも、俺のは特別でさ。筧、いつものやつな」

「はいはい」

筧は救急ワゴンを定位置に戻すと、初療室の片隅にあるお茶コーナーに歩み寄った。安藤の視線を背中に感じる。

〝……そんなたいしたもんじゃないんだよ……〟

小さなカラーボックスの中には、インスタントのコーヒーや紅茶や緑茶のティーバッグが置いてある。筧はその中からインスタントのレモンティーのパッケージを選び出して開けた。スプーンですくって、神城のカップ、ペンギン柄のカップにレモンティーを入れ、その上からスティックシュガーを二本入れた。もともと甘みのついているレモンティーにさらに砂糖を入れるのだ。超のつく甘党の神城特製のレモンティーである。ポットのお湯をたっぷり注いで、筧はカップを神城の元に持っていった。

「はい、特製レモンティーです」

「サンキュ」

超甘いに違いないレモンティーに、安藤が目を丸くしている。そんなことにはお構いなく、神城は上機嫌である。

「やっぱり、これを作るのはおまえでないとな」

「何適当なこと言ってんですか」

センターのナースなら、神城が甘党であることは知っている。

「いや、今日の疲れ具合はスティックシュガー二本だ。おまえ、さすがわかってるよな」

「……筧さんって、第二からずっと神城先生と一緒なのよね」

安藤が言った。

「長いつきあいなんだ」

「ああ……まぁ……そうですね」

筧は曖昧に頷いた。

〝長いつきあい……か〟

ふと、筧は思う。

自分は……いったいいつから神城尊《たける》という人間を意識してきたのだろうかと。

筧がナースを目指したのは、母の影響である。筧の母は、筧が生まれて直《じき》に筧の父と離婚した。原因は筧も知らない。別に知らなくてもいいと思っていたから、聞いたこともない。別れる必要があったから別れたのだろう。ただそれだけだ。

それから、母は女手一つで筧を育ててくれた。それもナースという、男女の収入差のない資格職だったから可能だったことだろう。小さな頃からあちこちに預けられて育ち、それが寂しくなかったと言ったら嘘《うそ》にもなるが、そのおかげで、大学にも進ませてもらえた。だから進学となった時、まず考えたのは手に職をつけることだった。母のように一人でも生きていける人間になりたい。アクシデントが起きても動じず、しっかりと生きていきたい。将来の職業としてナースを選ぶのに迷いはなかった。

「次、整形の神城先生だよ」

「あの先生、めちゃめちゃ試験厳しいけど、格好いいよねー」

筧の進んだ看護大は、一学年百二十人で、四十人ずつの三クラスに分けられている。一クラスに男子学生は五人くらいだ。これでも、ずいぶん増えた方だ。母の頃は一学年に一人か二人だったという。

『あんたは恵まれてる方よ』

看護大に合格し、男子の数を報告した時、母はそう言って笑った。

『私たちの頃は、採血の練習台になってね、男子学生は腕真っ青にしてたもんよ』

男子学生の腕の方が血管が出やすく、採血しやすい。採血の練習台にはもってこいなのだ。

「ねぇ、筧くん、整形のノート見せてー」

「やだよ。おまえらに貸すといつまで経《た》ってもノートが戻ってこない。下手すると一枚、二枚なくなってる」

　クラスメイトの女子に言われて、筧は冷たく答える。

「ノートくらいちゃんと取れよ。おまえらの大好きな神城先生に嫌われたくないならな。あの先生、結構目がいいぞ」

「えーっ」

「マジ？」

「ああ」

　筧は立ち上がりながら言った。

「おまえらがこっそり携帯いじってるのも、しっかりわかってるぞ」

「嘘ーっ」

「嘘だと思うなら、講義中に携帯いじってみろよ。さりげなーく、あの先生、そばに来るから」

　神城尊は、筧たちが実習に行くT大付属病院の整形外科の医師で、大学の医局に所属していた。長身で眼鏡の似合うハンサムで、女子たちの圧倒的な支持を受けている。授業も試験も厳しいが、本人はさっぱりとした兄貴肌で、颯爽《さっそう》とした雰囲気を持っている。

「えー、神城先生がそばに来てくれるなら、それもいっかなー」

「携帯取り上げられて、次の試験で十点引かれるぞ」

「えーっ、困るーっ」

「じゃ、せっせと勉強しな」

筧はさっさと講義室を出た。


筧が初めてドクターヘリを見たのは、実習前の見学に行ったT大付属病院だった。筧たちが小さなグループに分かれ、病棟を案内されている時だった。ぱたぱたとナースが駆けてきて、素早く窓を閉め、カーテンを引いたのだ。

「窓とカーテンを閉めてください」

「何なんですか?」

グループのリーダー格の女子が聞くと、ナースはテキパキと答えてくれた。

「ドクターヘリが離陸します。砂埃《すなぼこり》が上がりますので、窓は閉めてください」

「カーテンは?」

「音が結構うるさいので、まぁ、少しでも軽減するためですね」

ナースはぱっと出ていってしまった。確かにバタバタとヘリのローター音が聞こえる。

筧はさっと窓際に寄ると、そっとカーテンをめくり上げた。

「ちょっと、筧くん……っ」

ヘリは隣にある外来棟の屋上に止まっていた。外来棟の方が病棟より低いので、屋上と言っても、この病室よりも少し低いところにある。ガラスに顔をつけるようにして、筧はヘリを見つめた。

〝あれが……ドクターヘリか〟

ヘリの横の部分にブルーのペイントで『Docter-Heli』と書かれている。意外と小型であることに少し驚いた。ローターはすでに回っている。凄まじい風が巻き起こっているらしく、砂埃が舞い上がっているのが見えた。

〝まだ離陸しないのかな……〟

見ていると、屋上のドアが開いて、黒と紺のツナギを着たスタッフがバッグを肩にかけて出てきた。

〝あれ……？〟

紺のツナギを着ているのは小柄な女性だった。対して、黒のツナギを着ているのは長身で体格のいい男性だ。眼鏡の似合うハンサムな顔立ちがきりりと引き締まっている。二人は風が巻き上げる砂埃を手で避けながら、ヘリに駆け寄った。

「神城先生……」

ナースを先に乗せ、神城は続いてヘリに乗った。ヘリが少し浮かび上がったところで、ドアが閉められる。わずか数秒。あっという間の出来事だった。

「……あれ、神城先生だった……」

バタバタと音を立てて、ヘリが飛び立っていく。

「こら」

窓に張り付いていた筧は背中を軽く叩《たた》かれて、びっくりして振り返った。

「え……え？」

立っていたのは、さっきのナースだった。

「カーテン閉めてって言ったでしょ」

「すみません……」

もうヘリは飛び立ったので、カーテンが再び開けられた。ヘリはもう小さくなっている。

〝どこに行ったんだろう……〟

「やっぱり男の子ねー。ヘリに興味あるんだ」

子供のような言われ方をして、筧は少し赤くなる。

「ドクターヘリって……何人で乗るんですか？」

「四人よ。パイロットとフライトエンジニア、あとはフライトドクターとフライトナース。帰りはそこに傷病者が加わるわけ」

「フライトドクターとかフライトナースって、誰でもなれるんですか？」

「フライトナースは救急看護師で三年以上の勤務経験が必要よ。その上で適性があって初めて、研修を受けて、フライトナースになれるわけ。フライトドクターは救命救急の先生が研修を受けてなるのが普通なのかな。ドクターはよくわからないなぁ」

ナースは親切に教えてくれた。

〝神城先生って、救命救急の先生なのか……？〟

「今の神城先生でしたけど……」

「へぇ、君、神城先生知ってるんだ」

「はい。整形外科を教えていただいているので」

ナースが頷いた。

「神城先生、整形の先生だけど、救命救急の研修も受けているって言ってたかな。うちも救命は人足りないし……」

言いかけて、ナースはめっと筧をにらんだ。

「学生くん、今日は実習前の見学でしょ」

「あ、はいっ」

同じグループの女子たちが、あーあという顔をしている。実習前に目をつけられたくはないのだ。

「筧くん、ほら、行くよ」

「邪魔しちゃだめじゃんっ」

女子たちに引っ張られるようにして病室を出ながら、筧は今見たことがくっきりと鮮明に、自分の頭の中に刻みつけられたことを感じていた。

〝フライトドクター……フライトナース……〟

巻き起こる風の中、ふわりと浮かんだヘリ。使命を帯びて、ヘリに駆け寄っていくフライトスーツ姿のドクターとナース。彼らはこれから、どんな厳しい現場に向かうのだろう。

〝俺……ああいう仕事やってみたい……〟

手に職をつけたい。ただそれだけで進路を選んだ筧が明確な目標を見つけた瞬間だった。


〝あれから……八年か……〟

筧が初めてドクターヘリを見たのは、二十歳の頃だった。そして、そこに乗り込んでいった神城を見たのも。筧がいつも見ていた神城は、ファイルを抱えて講義にやってくるハンサムな講師としてで、医師としての姿を見たのはあの時が初めてだった。それはひどく鮮烈で、筧の脳裏に決して消えない記憶として刻みつけられた。

〝神城先生に次に会ったのは……〟

神城は筧たちの授業の講師を最後にT大を辞め、聖生会に就職していた。筧がその後を追ったのは、大学を卒業した二十二歳の時だった。

〝俺……何で、先生を追いかけたんだろう……〟

筧は、レモンティーを飲みながら、安藤と談笑している神城を見て、ぼんやりと考えていた。

〝卒業する時……俺、聖生会に入ること、全然迷わなかった。ここしか来るところはないと思ってた……〟

聖生会でも、ドクターヘリを持っている第二病院に勤務希望を出した。ヘリがあるところに必ず彼がいると思ったからだ。彼、神城尊が。

「先生、そんな甘いもの飲んでると、身体《からだ》壊しますよ」

安藤が笑いながら言う。しかし、神城はごく真顔でこう返した。

「必要なんだよ、俺には」

「え？」

「頭と……身体をぎりぎりまで使う俺にはさ」

「先生、こっちに来てから、甘さの度合いが上がりましたよね」

筧は思わず言っていた。なぜか、自分がいちばん神城を知っていると思いたかった。

「第二にいる時は、缶コーヒーの甘さくらいで十分だったじゃないですか」

「そうだな」

神城が極甘のレモンティーを飲みながら言う。

「……こっちの方がそれだけ、頭と身体をぎりぎりまで使ってるってことだ」

そして、彼はうっとりするような笑みを浮かべる。

「俺が……望んでいたことだ」

ACT 5.

今年は夏が早いと思った。普通なら、早春、春、晩春、初夏と歩いていくはずの季節が、早春からあっという間に盛夏へと駆け抜けた感じだ。桜が散ったと思ったら、あたたかいと感じる間もなく、気温が三十度を超える日がやってきた。

「風がぬるいですよね……」

救命救急医の井端《いばた》がため息をつきながら言った。

「あっつい……」

「外気温が高いとエアコンの効きも悪いからな」

神城《かみしろ》はすでに暗くなっている外を見た。今日の神城と井端は夜勤だ。神城は日勤夜勤という厳しい勤務である。日勤を勤めた後、食事と仮眠を挟んで、そのまま夜勤に入るのだ。センターの夜勤は仮眠もあまり取れないことが多いだけに、かなり身体《からだ》に堪える勤務である。

「しかし、今年は特別だな。まだ六月にもならないってのに、三十度越えだぜ？」

「地球温暖化ですよ」

井端がげんなりした顔をしている。

「私、暑いのに弱いんです」

「そんなこと言ってると、ヘリには乗れねぇぞ」

井端はフライトドクターの研修中である。彼女はヘリに乗るために、この中央病院への異動を志願してきたのだ。

「現場にエアコンはねぇぞ」

「わかってます」

井端は真面目な顔で頷《うなず》く。

「……そうですよね。暑いのも寒いのもありですよね……」

「ま、現場に入りゃ、そんなの気にならないけどな。センターに着いて、ヘリ降りてから、自分が汗びっしょりになっているのに気づく……そんな感じだな」

「救急車入りますっ」

南《みなみ》が搬入口を開けた。神城は首にステートをかける。救急車のサイレンが止まり、バックで搬入口に近づいてくる。

「はいよ。いつでもどうぞ」

後部のドアが開き、ストレッチャーが下ろされる。

「お願いします」

「半身マヒだって？」

　さっと井端が駆け寄り、患者の全身状態を確認し始めた。モニターの準備をして待っていた筧《かけい》が、すぐに患者の胸を開いて、モニターを装着する。

「……バイタルは落ち着いてますね。血圧も……上が１３０、下が80で安定しています」

「で？　構音障害と右半身マヒってことだが」

　神城は救急隊員から申し送りを受ける。患者は七十代の女性だ。

「はい、午後七時過ぎに徒歩で買い物に出て、十五分ほどで帰ってくるはずだったのに、三十分経《た》っても帰ってこないということで、家族が探しに出て、道端でうずくまっているのを発見。急に歩けなくなったということで、搬送依頼。現着した時は家族がしょって自宅に連れ帰っていて、玄関そばの部屋で横になっていました。バイタルは問題なし。構音障害があり、質問の意味はわかっているようでしたが、答えられない状態でした。右手と右足はドロップ。立ち上がりと起き上がりは不可」

「ふぅん……」

　神城はちらりと井端を見た。井端はステートを患者の胸に当てて、音を聞いている。

と、そのステートを外した。

「胸の音には問題ないですね。やっぱり頭でしょうか……」

「決めつけるのは早いな……」

神城はモニターから吐き出された心電図を見ている。

「にしちゃ、バイタルが安定しすぎだな……筧」

「はい」

「デキスターチェック」

「はい」

そして、救急隊員を振り返った。

「最終の食事時間は？」


病院は眠らない。二十四時間動き続けている。病棟と救命救急部、そしてセンター勤務と異動してきた筧は、その意識が強い。しかし、こうして夜の院内を歩いていると、やはり眠ることもあるのだと思う。眠るという言葉が適当でないなら、つかの間の休息の中にある。その休息を妨げないように、ナースたちは滑るように動き回る。

「でも、びっくりしたぁ」

こそこそと小さな声で、南が言った。

「低血糖で、マヒなんか出るんだ……」

「ないことはない……と聞いたことがありました」

筧が慎重な口調で言った。

「第二で病棟にいた時、一度経験しました。まぁ、もともとDM（糖尿病）があった患者さんだったので、わかりやすかったんですけど」

「そうなんだ」

脳卒中の疑いで搬送されてきた患者は、低血糖だった。原疾患としてDMがあり、その治療のための薬剤でうまくコントロールされておらず、低血糖を起こしたのだ。患者の右片マヒと構音障害は、その低血糖によるものだった。デキスターチェックで低血糖を確認した神城は、20パーセントのブドウ糖を静注《じょうちゅう》し、患者の症状は快方に向かった。しかし、DMのバッドコントロールで、そのまま入院となったのである。

「筧くん、病棟の経験もあるんだ」

「少しですけど。もう救急の方が長いです」

エレベーターを降り、静かにストレッチャーを引いていく。南が言った。

「私、病棟の経験ないんだよね。新卒でいきなり手術室勤務になって、ガチガチに絞られて、その後外来やって、センターだから」

「南さんはずっと中央病院ですか？」

「そうよ」

ひそひそと話しながら、内科の第四病棟に入り、ナースステーションを目指す。

「でも、忙しいってどういうこと？」

南が少し不満そうに言った。

「急変でもあったってこと？　うちが暇なようなこと言ってたけど、うちの方がばりばり患者見てると思わない？」

「病棟も夜は人手がありませんからね」

患者を第四病棟に入院させることになり、迎えを頼んだのだが、忙しくてセンターまで患者を迎えに行けないと断られてしまったのだ。そこで、筧と南が患者を連れていくことになったのである。

「……さ、早く患者さんを病室に……」

患者の乗ったストレッチャーをいったん病室の前に置いて、南が足早にナースステーションに入っていく。と、その足がぴたりと止まった。

「南さん？」

少し待っていたが、南は動く気配がない。

「……ちょっと待っててくださいね」

筧は患者に優しく言った。そして、滑るようにナースステーションに近づく。

「南さん……？」

「まったく、深夜帯に患者上げてくるってマジ？」

深夜帯には少し大きすぎる声が聞こえた。

「センターはいいよねぇ。救急と患者にいい顔して、みんなはいはい受け入れて、挙げ句の果てがこっちに丸投げだもんね」

「ちょっと……っ」

「南さん」

筧は慌てて、南の腕を軽く引いた。

「喧嘩《けんか》なんかしちゃだめですよ」

「だって……っ」

「こんなこと言うのは、一部です。わかってるでしょ」

〝まぁ……気持ちはわかるけど〟

さんざん言われてきた。自分の耳にも入っていたのだから、トップに立っていた神城はなおさらだっただろう。第二病院にいた頃の彼のすさんだ瞳《ひとみ》が思い出されて、胸がちくりと痛む。

「ちょっと、声が大きいわよ」

筧が一歩を踏み出そうとした時、凜《りん》としたアルトが聞こえた。

「何時だと思ってるの？」

「あ、主任……っ」

「つまんないこと言ってないで、とっとと仕事しなさい」

ナースステーションに別の入り口から入ってきたのは、安藤《あんどう》だった。

「でも……っ」

「急変が出たら、うちだってセンターに頼ってるでしょ。今だって、こっちが迎えに行けないって言ったら、連れてきてくれるって言ってるんだから、文句言わない」

〝頃合いかな〟

筧はコンコンッと少し強めにドアをノックした。

「失礼しまーす」

「あ、お疲れ様です。筧さんだったんだ、今日の夜勤」

安藤がにっこりした。筧はぺこりと頭を下げる。

「患者さん、お連れしました。よろしくお願いします」


「お疲れ」

筧と南がセンターに戻ると、特製レモンティーを飲んでいた神城が声をかけてきた。

「今日の疲れ具合は、スティックシュガー一本分ですね」

筧はちらりと横目で見ながら言った。神城があははと笑う。

「当たりだ。さすがだな、筧」

「そのくらいわかります」

「神城先生、聞いてくださいよー」

筧と一緒に戻ってきた南が神城に話しかけた。まだ少し不服そうな顔をしている。人の空気に敏感な神城がすぐに反応する。

「どうした？　病棟で何かあったか？」

「南さん」

筧が首を横に振る。

〝先生に……知らせたくない〟

神城は救命救急以外のスタッフとの軋轢《あつれき》を知っていて、それに苦しんだ経験を持つ。せっかく、ここに来て仕事が充実してきている彼に、過去を思い出させたくなかった。しかし、明るい南はあっけらかんと言ってしまう。

「病棟に患者さん上げたら、センターは自分勝手みたいなこと言われて……。勝手に患者受けて、勝手に押しつけてくるって」

「南さん……っ」

筧は少し慌てて、南を止めるが、神城は案外あっさりと笑った。

「俺もよく言われたよ。それはなぁ、永遠のテーマだよ、南」

「でも……っ」

「仕方ねぇんだよ。誰だって、同じサラリーで仕事してる以上、余計な仕事は増やしたくねぇよ。俺たちとは仕事のモチベーションのあり方が違うんだ。いいとか悪いとかじゃない」

少しだけ苦い顔をしているが、案外あっさりしている。

「だから、気にすんな。まぁ、気にすんなってのも無理かもしれないが、いずれ慣れるよ」

「まぁ……いいんですけどね……わかってくれてる人もいるから……」

南は可愛《かわい》い顔をしかめている。神城はえ？　という表情をした。

「わかってくれてる人？」

「安藤主任です。ぶちぶち文句言ってるナースに、お互い様でしょって言ってくれて。美人だし、いい人ですっ」

「美人だし、いい人か」

レモンティーを飲みながら、軽く笑った。

「ああ、さっぱりしてるいい奴《やつ》だよ。俺に怒鳴られても屁《へ》でもない、根性も据わった奴だ」

「え、先生、前からご存じなんですか？」

南が大きく目を見開くのに、神城は頷いた。

「ああ。第二で一緒だったことがある。結構やり合ったこともある仲だよ」

「うわぁ……仲とか言っちゃうんだー」

明るい南の声を背中に、筧はそっとお茶コーナーに近づき、コーヒーをいれた。

〝先生のこと……みんな知ってるつもりだったのにな……〟

熱いコーヒーを飲みながら、ぼんやりと考える。

〝俺の知らないところで……先生はあの人と関わっていたんだ……〟

何もかも知っていると思っていた。彼のすべてを把握していて、何もかもを知っていて、一番の理解者だと思っていたのに。

電話が鳴った。筧は弾《はじ》かれたように身体を起こし、電話に駆け寄る。

「はいっ、聖生会《せいせいかい》中央病院救命救急センターですっ」

ここしかない。彼と密接に関わっていられるのは、今はここしかない。

「はいっ」

ぱっと振り返る。

「神城先生」

「にいよ」

神城の目が筧を見る。スイッチの入った冴《さ》え冴《ざ》えとした瞳。

「何でも来い」

「はい」

〝ここだけでもいい〟

「……バイタルを」

〝ここだけでも……ここにいる間は、俺はあなたのことをすべて知っていられる〟

少しずつ、何かが変わり始めている。

筧はまだ、そのことに気づいていなかった。

ACT 6.

筧《かけい》は病院近くのアパートで一人暮らしをしている。住むところなどどこでもいいと思っていたので、通勤に便利なことを第一に選んだ。だから、正直住み心地はあまりよろしくない。近くにコンビニがあるのは便利なのだが、それだけに夜まで車の出入りが多く、あまり落ち着かないのだ。

「いらっしゃいませ」

カランと小さな音を立てて、ベルが鳴り、マスターの低く柔かい声が迎えてくれた。

「……こんばんは」

あまりに外がうるさいので、今日は早々に晩ご飯を食べて、部屋を出てきてしまった。と言っても、行く場所はそれほどない。

「こちらへどうぞ」

場所は『le cocon《ル・ココン》』、筧のアパートからもほど近いカフェ＆バーだ。カウンターだけの店で決して広くはないが、しっとりと雰囲気が落ち着いていて、居心地のいい店である。

「何にいたしましょうか」

マスターの藤枝脩一《ふじえだしゅういち》は、神城《かみしろ》の中・高時代の後輩なのだという。ということは、藤枝も相当なエリートのはずだが、なぜか今はバーのマスターに収まっている。おっとりと優しい雰囲気を持った大人の男性という感じだ。

「アルコールには強くないので……何か軽いものを」

「ビールはお好きですか？」

「あ、はい……嫌いじゃないです」

「では、シャンディ・ガフにいたしましょう。ビールをジンジャーエールで割ったものです。暑い日にはおいしいものですよ」

「じゃあ、それを」

筧は一人でバーに来たのは初めてだ。あまり酒をたしなまないせいもあって、一人で食事をすることはあっても、一人で飲むことはない。しかし、この店なら、一人で来てもいいかと思った。

〝神城先生が……よく来ている店だもんな〟

口は悪いが、神城は基本的に人間が上品に出来ている。エリート校で育ったせいなのだろう。彼の後輩が経営しているというこの店が、いろいろな意味でアウトなはずがない。

一人でも安心して飲めるはずだ。

「今日はお一人なんですね」

シャンディ・ガフをカウンターに置きながら、藤枝が言った。

「いつも、神城先生とご一緒ですよね」

「俺のこと……覚えているんですか？」

びっくりしたように筧は言う。自分はさほど印象的なタイプではないはずだ。

「覚えきれないほど、お客様は多くないですよ」

藤枝はおっとりと微笑《ほほえ》んだ。

「住宅街にある小さなバーです。振りでおいでになる方はまずいらっしゃいません」

「はぁ……まぁ、確かに」

わかりにくい場所にある上、看板も何もない店である。筧だって、神城に連れてきてもらわなければ、ここがバーだとはわからなかった。

「今日は……神城先生は泊まりなので」

「ああ……そうですか」

野菜を素揚げにしたものが、つまみに出てきた。ぱりっと揚がっていて、薄い塩味もおいしい。

「神城先生が　居場所だなくなったような気がする時は、ここに来ると……いいって」

シャンディ・ガフを一口飲んで、筧はぽつりと言った。

「そうですか」

藤枝が優しく答えた。

「神城先生もよくお一人でお見えです。あの方の居場所がなくなることなんて、ないとは思いますが」

「ですよね」

バーのカウンターは半分くらい埋まっていた。カウンターの中には藤枝が一人だけで、忙しいと思うのだが、彼はおっとりと構えている。客たちは互いの連れとゆったりと話しているためか、藤枝は筧の相手をしてくれる。

「あの方がお一人でこちらにおいでになる時は、これは私の感覚ですが、仕事上でつらいことがあった時のような気がします」

「仕事上でつらいこと?」

ジンジャーエールは辛口のものらしい。きりっとしたカクテルはドライで大人の味わいだ。

「ああ……そうか……」

神城にとって、いちばんつらいことは、たぶん患者を救えなかった時だ。CPA（心肺停止）で入ってきても、蘇生《そせい》できて当たり前と思われているのがセンターだ。それはとてつもなく高いハードルで幸運でもあるのだが、そうは思われないところが、高度な医療レベルを誇るセンターのつらいところである。

「……理想が高すぎるんです」

筧はぽつりと言った。

「神城先生は……自分で自分の首を絞めているようなところがあるから……」

「まぁ、それがあの方らしいところなんですが」

ミネラルウォーターを飲みながら、藤枝はくすりと笑った。

「昔からそういう方でした。常に理想を高く持って、王道を突き進む。学生時代はキングと呼び称されていたそうです」

「キング……」

彼にぴったりの呼び名があったものだ。

「センターはあの方にぴったりの居場所だと思いますよ。でも、たまにそこにいていいのかと思ってしまうことがある。あの方も人間だったということです」

居場所。言い得て妙だと思った。

〝俺の居場所は……どこなのかな〟

「そういえば……」

筧はカウンターの中を見た。

「あの……もう一人のバーテンダーさんは……帰ってこられないんですか？」

数ヵ月前まで、このバーにはもう一人のバーテンダーがいた。トムと呼ばれていた美少年もどきだ。彼がふっと姿を消してから、このバーは藤枝が一人で回している。たまに経営者である賀来玲二《かくれいじ》が別に持っている店から手伝いが来ることもあるが、基本は藤枝一人だ。

「ああ、トムですか？」

藤枝がふっと微笑んだ。

「どうでしょうね。帰ってくる気あるのかな。今、どこにいるのかもわかりませんし」

さらっと言って、藤枝は飲み終わった筧のグラスを下げた。

「もう一杯お作りしましょうか」

「あ、じゃあ、同じものを」

「今度は少しスイートなジンジャーエールを使ってみましょう。ずいぶん味わいが変わりますよ」

二杯目のシャンディ・ガフは少し濃い色合いだった。琥珀《こはく》色の泡がふわふわと上がっている。

「新しいバーテンダーさんを入れないのですか？」

筧の問いに、藤枝は少し首を傾《かし》げた。

「……今のところ、そのつもりはありませんね。忙しい時はオーナーがスタッフを回してくださいますし……」

そして、藤枝は柔らかい口調で言った。

「それに……トムの居場所を残しておいてやりたいと思うのですよ。あの子の次の居場所が決まるまでは」

「居場所……？」

「帰る場所といってもいいでしょう。誰でも、自分の場所はほしいものでしょう？」

「自分の場所……」

少し甘いシャンディ・ガフを一口飲んで、筧は考える。ふと頭に浮かぶのは、なぜか神城の顔だった。救命救急医なら誰でもぶつかる壁の前で、時に立ちすくみながらも、彼は前に進んでいく。水を得た魚のように、日々センターでの存在を大きくしながら。

〝俺の居場所は……〟

どこなのだろう。ふっと浮かぶのは、やはりあの人の顔だ。いつでも自信に満ちていて、ここここそ俺の場所だと言い切る強さを持っている人。それなのに、たまに寄る辺ない子供のような顔をする人。

〝俺の場所は……あの人の近くにあるのだろうか……〟

「俺の……場所って……」

「あなたの場所は、あのセンターなのではありませんか？」

藤枝が優しい口調で言う。

「私の場所は……あそこにありませんでしたが、あなたの場所はあると思いますよ」

「マスターの場所？」

筧は首を傾げる。

「マスターの場所って……」

「……私は元救命救急医です。篠川《ささがわ》先生の下にいました」

藤枝は穏やかに言った。

「でも、私の居場所はあそこじゃなかった。だから、私は離れました。私の今の居場所はここです。あなたの場所があそこであるように」

「俺の場所は……あのセンターなんでしょうか」

少し甘いシャンディ・ガフを飲みながら、筧は尋ねる。この人は答えをくれる気がした。いつも、あの人が……神城が確実な答えをくれるように。

「そう思いますよ」

何の逡巡《しゅんじゅん》もなく、藤枝は言う。

「そうでなければ」

二杯目のシャンディ・ガフが空いた。藤枝はおっとりと微笑む。

「神城先生は、あなたをここに連れては来なかったと思います」

ACT 7.

日中が三十度近くになると、夜間になってもなかなか気温が下がらない。少しクーラーの設定温度を下げながら、ナースの片岡絵美《かたおかえみ》が振り向いた。

「こういうぬるい夜って、何か嫌ですよねー」

「ぬるい夜か」

夜勤に当たっている神城《かみしろ》が言い得て妙と頷《うなず》いた。

「確かに暑いってより、ぬるいってのがぴったりくるな」

「病棟から氷もらってきておきましょうか」

片岡がアイスボックスをのぞいた。

「今日は氷がよく出てます。作るの間に合わないみたい」

「あ、じゃあ、俺行ってきます」

医局から出てきた宮津《みやつ》がはぁいと手を上げた。

「コンビニで飲み物も買いたいし。ついでに行ってきます」

「え、でも……」

　さすがにドクターに使いっ走りをさせていいのかと片岡が逡巡《しゅんじゅん》するのに、宮津は軽く手を上げて、センターを出ていった。

「宮津先生って、医者の常識をぶち破るよな……」

　神城が感心したように言った。

「いろいろな意味で」

「常識外れに可愛《かわい》いですしね」

　点滴用のベッドを整えていた筧《かけい》は、交換したカバーを抱えて、初療室に戻ってきた。洗濯用のカートにカバーをぎゅうぎゅうと詰め込む。

「……おまえに言われたくないと思うぞ、宮津先生も」

　神城が言った。彼は椅子に座り、カルテを打ち込んでいる。たった今まで、ここで処置を受けていた患者のものだ。頭に軽い切り傷を負っていただけだったので、スキンステープラーで処置して、すでに会計に回っていた。

「……何でですか？」

　初療室の処置台にも血痕を見つけて、筧はカバーを外す。センターのカバー交換率は高い。気をつけていないと清潔を保てなくなる。暇を見つけては、せっせとカバーを交換する。

「おまえも可愛い部類だろう？」

「……そうですか？」

筧は怪訝《けげん》そうな顔で神城を見た。自分が可愛いと思ったことは一度もない。確かに背は小さいが、宮津ほどルックスは可愛くない。宮津は小動物系の可愛さのある容姿で、声も少年のように高めだが、自分はそうではない。軽い近視のせいで目つきはあんまりよくないし、性格も可愛くない。

「先生は、俺をそう思っているわけですか？」

新しいカバーを広げて、せっせと取り付けながら、筧は言った。神城がカルテを閉じて、そばに来た。身軽に手伝ってくれる。

〝先生だって、常識破ってるじゃん〟

カバー交換を手伝ってくれる医師なんて、そうそういない。手早くカバーの紐《ひも》を結んで、神城はざっとカバーのしわを伸ばした。

「……ありがとうございます」

「どういたしまして」

にっと笑って、神城は筧の疑問に答えてくれた。

「おまえのことは可愛いと思うぞ。ちまちまと俺にくっついてくるところが可愛い」

「ちまちまって……っ」

「幅を取らずに、邪魔にならないあたりも可愛い。うん、マスコット的な意味の可愛さだな」

「邪魔にならないって……それって、どういう評価ですか」

片岡が笑い出した。

「た、確かに、筧くんは邪魔になりませんよね。私とか南《みなみ》より」

片岡も南も、筧より身長が高い。センターのナースは大柄なものが多いのだ。たまたまなのだろうが、たぶん、華奢《きゃしゃ》なナースではセンターの激務に耐えられないのだろう。

「うん、まぁ、そういう意味もあるが」

神城も苦笑している。

「筧は、いつも俺がいてほしいところにいる。邪魔にならないってのは、そういう意味だ。俺が押しのけたくなるようなところにはいないで、いてほしいところにいる。そういう意味だぞ」

交換したベッドカバーを洗濯カートに押し込んでいた筧の手が止まった。片岡がぱちぱちと拍手をしている。

「すっごい。最高の評価じゃない、筧くん」

「……はぁ……」

意外な神城の言葉に、筧はちょっと動けない。

〝俺を……そんな風に見ていたのか……先生……〟

神城とはそれなりに長いつきあいだが、自分に対する評価のようなものを、筧は聞いたことがなかった。少なくとも、神城にこっぴどく叱られることはなかったし、彼は筧がそばにいることを許してくれていた。それが一つの評価だと思っていたのだ。だから、改めて言葉にされた評価に少し驚いてしまう。

「そうなのか?」

逆に神城の方がびっくりしているようだ。

「そんなの当たり前だろ? そうでなかったら、俺はこいつをここには連れてこなかったぞ?」

「連れてくる?」

片岡がきょとんとした顔で見ている。

「神城先生、もしかして、筧くんを指名して、一緒にここに来たんですか?」

「そうに決まってる」

「えっ」

今度は本当にびっくりした声が出てしまった。

筧がセンターに異動になったのは、普通の人事異動だと思っていた。実際、神城よりも先に異動は決まっていたし、第二病院の総師長から内示を受けた。

「それ、本当ですか?」

「何、おまえまでマジになってんだよ」

神城はあっさりと言う。

「ヘリの移動に際して、センターにナースを異動させたい。第二の総師長からそう言われて、俺はすぐに筧を指名した。ヘリにいちばん慣れているし、救急看護師としても優秀だ。俺はヘリと一緒に動く気だったし、そうなれば、いちばん連れていきたいのは筧だ。てか、筧以外は考えもしなかったなぁ」

筧は自分の耳が熱くなるのを感じていた。

〝うわぁ……うわぁ……〟

いたたまれない感じだった。どんな顔をしていいのかわからない。嬉《うれ》しいのと恥ずかしいのとわけがわからないのがごちゃ混ぜになって、筧の頭の中を駆け巡る。

「お、俺、受付見てきます……っ」

「あ、逃げた」

片岡が笑いながら言った。

「筧くん、真っ赤だよー」

「ほっといてくださいっ」

自分がどんな表情をしているのかわからなくなって、筧はその場を逃げ出していた。

センターの受付は自動ドアの向こうにある。病院との渡り廊下の途中だ。そこは二十四時間受付のスタッフがいて、受付から会計まですませられるようになっている。

「あ、筧さん」

筧が熱い顔をパタパタと手で扇ぎながら、受付の前にさしかかると、ちょうどよかったと受付スタッフが声をかけてきた。

「患者さん、お願いしていいですか」

「あ、はい」

筧はぱっと視線を戻した。受付の前に車椅子に乗った患者がいる。六十年配の女性だ。付き添いらしい若い女性が心配そうに患者を見ている。

「どうされましたか?」

筧はさっと膝をつき、ポケットからメモを取り出した。患者がほっとした顔をする。

「息が……苦しくて……」

「息が苦しい……」

「うまく息ができない感じなんです……昼間から少し苦しかったんですけど……様子を見ていたんです……」

「はい……」

筧は全神経を患者に集中する。

「急に胸が苦しくなったんですか？」

「風邪を……ひいていて。昨日、近所のお医者さんに行って……お薬をもらいました」

「あ、これですっ」

付き添いの女性が、お薬手帳を差し出す。

「拝見します」

筧は薬の内容をざっとチェックする。

〝総合感冒薬と……咳止《せきど》めか……〟

「今日は少し具合がよくなった気がして……散歩に行ったら……急に息が苦しくなって……」

患者が咳《せ》き込《こ》んだ。ひどく苦しそうだ。顔色も悪く、胸をつかむように押さえている。肩が震え、背中を丸めて、必死に息をしている感じだ。

「ちょっと失礼しますね」

手首で脈は触れなかった。

〝脈、弱いな……〟

頸動脈《けいどうみゃく》でようやく触れた。しかし、ひどく弱い。胸に着けているナースウォッチで確認すると、一分あたり60前後だ。肌は湿っていて、蒼白《そうはく》である。

「受付終わりましたか？」

筧は顔を上げて、スタッフに声をかけた。

「はい。カルテを起こしています」

「わかりました。患者さん、センターにお連れしますね」

車椅子を押して、筧はセンターに入った。

「あ、帰ってきた……患者さんですか？」

片岡が目敏《めざと》く筧を見つけて言った。センターのスタッフは自動ドアの音に敏感だ。すぐに片岡が駆け寄ってくる。神城はスリープになっていたカルテを起こした。

「ええ、呼吸苦だそうです……」

報告する筧の手を患者が軽く叩《たた》いた。言葉を出すのも苦しいらしい。筧はすっと身をかがめた。

「どうしました？」

患者の声を聞き取る。すぐに筧は身体《からだ》を起こした。神城を振り返る。

「点滴室でバイタル取っていいですか？　患者さん、苦しそうなので」

「わかった」

カルテのリストを見ながら、神城が言った。他の患者も入ってきているらしい。

「バイタル取ったら、報告してくれ。見に行く」

「はい」

筧は車椅子を押して、初療室から点滴室に移った。点滴室は全部で十台のベッドが並び、カーテンで仕切られいる。その一つのベッドに、筧は患者を誘導した。

「ここなら落ち着きますよ」

優しく言って、患者の車椅子をベッドに付ける。

「横にもなれますし」

患者はこくりと頷いた。患者は筧に横になりたいと訴えたのだ。車椅子から降りようとする患者を助けて、ベッドに移す。

「ゆっくり横になりますね」

頭を支えて、患者をゆっくりと横たえる。指先にサチュレーションのモニターをつけ、酸素のためのマスクを着けようとした時だった。

「……っ！」

患者の顔色が真っ白になっていた。呼吸が止まっている。慌てて脈を探すが触れない。

〝ＣＰＡ……っ〟

筧はナースコールを押すと、すぐにＣＰＲ（心肺蘇生《そせい》法）を開始した。ベッドの下から踏み台を蹴り出し、その上に乗って、心臓マッサージを始める。

〝早く……来てくれ……っ〟

ナースコールが聞き漏らされないようにただ祈る。ここで手を離すわけにはいかない。早く心拍を取り戻さなければ。必死に心臓マッサージを続けながら、足音に耳を澄ます。

「早く……来て……っ」

「筧」

足早に近づいてくる足音がしたと思ったら、すぐにカーテンが開き、神城が顔を出した。

「どうし……何があった……っ」

「CPAです……っ」

神城は余計なことを言わなかった。

「代わる。応援を呼んでこい」

「はい……っ」

筧は点滴室を飛び出した。短い通路を走り、初療室に駆け込む。

「筧くん、どうしたの」

片岡がびっくりした顔をしている。筧は救急ワゴンに飛びついた。

「CPAですっ。すぐに点滴室に応援をっ」

「えっ」

片岡も反応は早かった。カウンターショックのハンドルをつかんで、駆け出す。

「筧くん、私、レントゲンと検査に声かけていくから、先に行っててっ」

「はいっ」

筧はワゴンを押しながら、点滴室に駆け込んだ。すぐ後ろに、神城と一緒に夜勤に当たっていた救命救急医の浅香《あさか》がついてきていた。

「神城先生っ」

「浅香先生、ルート確保頼む。筧、モニター着けろ」

「はいっ」

心臓マッサージの合間をかいくぐって、筧は患者の胸にモニターを装着する。

「……心静止です……っ」

「ルート確保しましたっ。1号液繋《つな》ぎます。筧、ボスミン1mg」

「はいっ」

「レントゲン来ましたーっ」

「ちょい待ちっ。カウンターショックかけるぞっ」

アドレナリンを流して、浅香が気管挿管の準備を始めている。

「離れてっ」

カウンターショックで、患者の身体が小さく跳ね上がる。

「戻りませんっ」

「高井《たかい》、胸部撮ってくれっ」

「はいっ」

診療放射線技師の高井が素早くカセッテを患者の身体の下に滑り込ませた。さっと体位を整える。

「撮っていいすか？」

「さっさと撮れ。俺はフィルムバッジ着けてる」

ナースたちと浅香をカーテンの向こうに遠ざけて、神城は心臓マッサージの手を一瞬だけ止める。その間に、高井はレントゲンを撮影した。すぐに画像がモニターに出る。

「ＣＴＲ（心胸郭比）60パーセント超えてますね。バタフライシャドウかな、これ……」

高井の言葉に、神城が答える。

「肺水腫か……っ」

浅香が駆け戻ってきた。筧も神城のそばに駆け寄る。

「筧っ」

「はいっ」

「ボスミン用意しとけ。もう一度、カウンターショックかけるぞ」

命を取り戻す闘いは続く。

「離れてっ」

「ACS（急性冠症候群）かな……」

患者を病棟に送り出して、神城がふうっとため息をついた。

患者はアドレナリンを6㎎投与したところで心拍が戻った。しかし、まだ自発呼吸は再開せず、気管挿管をした状態で、ICUに入院となった。

「しかし……たまげただろ、おまえも」

筧は力なく、患者が去ったばかりのベッドに寄りかかっていた。片付けをしなければならないのだが、どうしても身体が動かなかった。

「筧」

「あ、はい……」

筧ははっと我に返った。

「すみません……ぼんやりしてしまって……」

「らしくねぇぞ」

神城は手を伸ばして、筧の頭をぐりぐりと撫《な》でた。

「片付けたら、レモンティー作ってて……」

「先生」

立ち去りかけた神城の背中に、筧は思わず声をかけていた。

「先生、俺……」

「何だ？　情けねぇ声出して」

振り向いて、神城はふっと笑った。

「疲れたか？　何だったら、片岡に少し頼んで、仮眠してきたら……」

「俺の……せいです」

筧は少し震える声で言った。言わずにはいられなかった。黙っていることができなかった。

「俺が……寝かせてしまったから……。起座呼吸に気づかずに……俺が不用意に寝かせてしまったから、あの患者さん、CPAに……っ」

起座呼吸とは、心不全や肺炎、気管支炎などの呼吸困難で起こる現象で、起座位になると呼吸困難が軽減し、臥位《がい》になると悪化することを言う。

〝いつもの俺なら……呼吸困難の患者の起座呼吸を見逃すことなんてなかったはずだ。まず座位にしてバイタル確認して……診察までは座位にしていたはずだ……〟

自分は仕事に集中できていたか。あの時、自分は少し動揺してはいなかったか。神城に今まで言われたこともないようなことを言われて、少しふわふわとしてはいなかったか。

「俺……先生に評価される資格なんてないです。こんな……救急看護師としての初歩を見逃すなんて……」

「おまえのせいじゃないさ」

神城は再び手を伸ばした。筧の頭に手を置き、ぽんと軽く叩く。神城がよくやる仕草だった。手のあたたかみがそっと伝わってくる。

「不可抗力だ。いや……運が悪かったら、あの患者は自宅でＣＰＡになっていた。そうなったら……助からなかっただろう。結果はもう少し待つしかないが、今は命を引き戻すことができた。それも、おまえがすぐにバイスタンダーＣＰＲを行い、応援を呼んだからだ」

「でも……っ」

「筧」

神城は少し声を強める。

「前を向け」

「え……っ」

「起きてしまったことを反省するのも大事だが、そこに立ち止まってばかりでは先に進めなくなる。おまえはできうることをきちんとやった。それで十分じゃないのか？」

しかし、筧は黙り込んでしまう。

〝でも……〟

領くことができたら、どんなに楽になれるだろう。頷いて、立ち上がることができたら、どれほど。しかし、筧の看護師としてのプライドが、筧自身を縛っている。動けなくなっている。

〝俺がもっとちゃんと勉強して……ちゃんと……わかっていたら、あの患者さんは……〟

「筧」

神城がすっと背中を向けた。

「まぁ……おまえの気持ちもわからないでもない。医者や看護師をやっていれば、必ずぶつかる壁だ。逆に、今までそんな思いをせずに来られたとしたら、おまえは幸運だったし、優秀でもあったんだろう」

「そんなことは……っ」

「少し休んでいい。片岡に言っておく」

さっと手を振って、神城が点滴室を出ていく。

「だ、大丈夫です……っ」

「いいから。頭の中を整理してこい。そんなにとっちらかった状態じゃ、何にもできねぇ」

遠ざかっていく足音を聞きながら、筧はその場にうずくまっていた。

筧はぼんやりと瞼《まぶた》を開けた。白い光が目に痛い。

「筧くん……大丈夫？」

点滴室のベッドにうつぶせてうたた寝していた筧は、そっと声をかけられて、振り返った。のぞき込んでいたのは、同僚の片岡だった。

「片岡さん……」

はっとして、筧は胸に着けた時計を見た。

「やば……っ」

時計はすでに午前六時を回っていた。あの患者を病棟に上げたのが午前四時過ぎ。点滴室が片付いたのが午前五時だった。少しだけ休もうとベッドにうつぶせたのだが、疲れていたのか、思ったよりもぐっすり眠ってしまったようだ。

「す、すみませんっ。何か……眠ってしまったみたいで……」

「大丈夫よ、暇だったたから。それより、風邪ひかなかった？　仮眠室で休んでると思ったから、声かけなかったんだけど」

片岡は少し心配そうに言った。筧はきょとんとして、片岡を見上げる。そして、自分が床に膝をついた器用な形で眠っていたことに気づき、膝をはたいて立ち上がった。

「いてて……」

「ちょっと、大丈夫？」

「だ、大丈夫です……いててて……」

腰も背中もバリバリだ。変な格好で一時間も眠っていたのだから、当たり前である。よろよろと立ち上がると、筧は片岡にぺこりと頭を下げた。

「すいません、サボっちゃって」

「いいのよ。筧くん、いつも仮眠取らないんだもん。たまにはサボった方がいいよ。コーヒー入ってるから、ミーティングの前に飲んで、目覚ましたら？」

「ありがとうございます」

ベッドカバーのしわを伸ばして、筧は初療室に戻った。通路を歩きながら、ぺちぺちと頬を叩く。

〝あー、みっともない……〟

筧は自分が見栄《みえ》っ張《ぱ》りだと思っている。かっこ悪いところは見せたくない。そのあたり、上司だった神城と似ているかもしれない。かっこつけでつい無理をする神城のことをさんざん罵ってきたが、人のことは言えないのである。いや、もしかしたら、かっこつけでやせ我慢するつらさを知っているから、つい無理をしがちな神城を罵っていたのかもしれない。その心理状態や葛藤がわかってしまうからだ。

初療室に戻ると、そこには神城の姿があった。やはり夜勤だった浅香とカルテを見ながら、何か話している。手にはペンギン模様のマグカップを持っている。

〝中身は……スティックシュガー一本入りのレモンティーかな〟

「おはようございます」

筧が声をかけると、二人の医師が振り向いた。

「おはよう」

浅香が声を返してくれる。闊達《かったつ》な浅香は神城とキャラがかぶっているとよく言われているが、筧から見るとかなり違う。神城は見栄っ張りでかっこつけだが、浅香は正直で全部が顔や態度に出る。神城よりもわかりやすいキャラクターだ。

「よぉ」

神城は一声かけてきただけだった。筧はまともに神城を見られず、ぺこんと頭を下げた。彼に泣き言を言ってしまった。彼を支えるべき立場の自分が、彼に甘えてしまった。もう評価なんて地に落ちてしまったに違いない。せっかく、高く評価してもらえていたのに。

〝だいたい、俺、意識して何かしようとするとだめなんだよな……〟

無意識だったから、神城に認められるような仕事ができていた。意識して、格好をつけようとするから、失態をしでかしてしまう。しかも、医療職ともなれば、失態は即人の命に繋がってくる。

〝だめだ……〟

また気分が落ち込んできた。病棟に上がっていった痛々しい姿の患者を思い出す。あの人は呼吸を取り戻せただろうか。命を繋いでいるだろうか。

〝後で、見に行ってみようかな……〟

「筧」

はっと気づくと、すぐ目の前に神城が立っていた。この長身に目の前に立たれても気づかなかったのだから、自分のぼんやりも相当なものだ。

〝変な格好で寝たからだ……〟

「こら筧、無視すんな」

「神城先生」

浅香がコーヒーを飲みながら言った。

「筧も疲れてるんですよ。俺とか先生みたいに、底なしの体力馬鹿ばっかりじゃないんですから」

「馬鹿とは何だ、馬鹿とは」

神城と浅香は、言いたいことを言いたいように言うのでぶつかることも多いが、裏を返せばわかりやすい関係だ。お互いの中身を認め合っているのである。だから、好きなことを言える。

「筧、おまえ、今日暇か？」

「はぁ？」

何を言われているのかわからなくて、素で返してしまう。神城が微妙に困ったような顔をした。

「おまえ、本当に大丈夫か？　起きてるか？」

「はい」

いつもならぽんぽんと言葉が返ってくるはずの筧から、ぼんやりとした反応しか返ってこないので、神城は心配になったようだ。筧のおでこに手を当てて、熱を測っている。

「風邪なんかひいてませんよ」

あたたかくて大きな手を押し返して、筧はうつむいた。

「……少し眠いだけです」

「それならいいが」

それでもまだ少し疑わしそうに筧を見てから、神城は言った。

「風邪ひいてないなら、おまえ、今日の夜つきあえ」

「は？」

片岡がコーヒーを持ってきてくれた。インスタントだが、熱い飲み物にありがたい。朝だから、さすがに気温が少し低く、身体をあたためるものがほしかった。

「ありがとうございます」

一口コーヒーをすすって、筧はそっと神城を見た。神城はいつもと変わらない淡々とした表情をしている。昨夜《ゆうべ》もほとんど寝ていないはずなのに、すっきりとしたインテリ顔だ。一度眠ってしまうとなかなか起きず、寝起きがとんでもなく悪いので、夜勤の彼はほとんど眠らない。それでも、疲れの一端も見せないのだからたいしたものだ。センターの医師はそのタイプが多く、日勤夜勤、翌日そのまま日勤の恐ろしいシフトでも屁《へ》でもないという顔をしている。

「で」

最短の疑問が飛んできた。筧は少し眉を寄せる。

「つきあうって……何ですか？」

「おまえ、やっぱり寝ぼけてやがるな」

厳しいお言葉がまた飛んできた。

「つきあうって言ったら、飯か酒と相場は決まってる。おまえ、暇だろ？　どうせ」

「……」

言い返せないのが少し悔しい。そのとおりである。

「……暇です」

「じゃあ、つきあえ。うまいもん食わせてやる」

「あ、先生、俺も」

浅香が顔を突き出してくる。神城はそれを軽く押しのけた。

「財布持ってくるなら、仲間に入れてやるぞ」

「ちぇっ。どうせ夜勤だからいいですよ」

浅香はべっと舌を出して、ぶらぶらと救急搬入口の方に歩いていった。空気の入れ換えのために、搬入口は開いていて、朝のひんやりした空気が流れ込んでいる。冷たいミントのような香りがして、筧は思わず深く息を吸い込む。それでも、胸の中にわだかまるものは消えてくれない。少しだけ奥の方に行っただけで消えてはくれない。

〝きっと……もう消えることはないんだ……〟

また悩みが頭をもたげてくる。朝になったら、少しは晴れるかと思っていた気持ちはやはりまだ沈んだままで、筧は自分の心を持て余す。すっと黙り込んでしまった筧の横顔をしばらく眺めていた神城は、その肩を軽くぽんと叩いた。

「じゃ、七時にな。ちょっとわかりにくいところだから連れてってやる。俺んちに来い」

さっさと時間と待ち合わせを言い渡すと、神城は鼻歌交じりで医局に向かって歩いていった。

いったいいくつの小路《こうじ》を曲がったのか、筧は覚えていなかった。同じような小さな店の並ぶ繁華街の小路は見た目も一緒で、どこがどこかわからない。自分も道を覚えようとがんばってみたが、三つ目の小路を曲がったところで、筧は道を覚えるのを諦めた。もともと方向感覚がいい方ではない。

「あのー、まだですか？」

「この二軒先……ああ、あそこだ」

『あかり』と染め抜かれたのれんをくぐり、からりと引き戸を引く。

「いらっしゃいませ」

明るい女将《おかみ》の声がした。

「あら、神城先生、いらっしゃいませ」

きりりと髪を結い上げた和服姿の女将がカウンターの中にいた。まだ若い美人女将だ。

「また来たよ。今日は連れがいる」

神城が笑顔で言った。カウンターの中には、白衣姿の板前がいて、ぺこりと頭を下げた。

「さぁ、こちらへどうぞ」

カウンターだけの小さな店だったが、中は清潔でさっぱりとしている。カウンターは白木できれいに磨き上げられていて、食事をするのに十分な幅があった。店内も明るく、酒を飲むというよりは割烹《かっぽう》という感じだ。カウンターの中央に席が作られ、筧は神城と並んで座った。

「いらっしゃいませ」

女将がにっこりとして、筧におしぼりを渡してくれた。

「神城先生がお連れ様とおいでになるのは初めてですね。こちらもお医者様かしら」

「仕事仲間だが、ナースだよ」

おしぼりを受け取って、神城が言った。女将があらという顔をする。筧はぺこんと頭を下げた。

「結構めずらしがられます。最近は男も増えてきたんですが、まだめずらしい類いですよね」

「不勉強で申し訳ありません。でも、看護師さんて、結構力仕事もあると伺いますから、男性がもっといらしてもいいんですよねぇ」

女将が如才なく言って、すっと和服の袂《たもと》を押さえ、お通しの皿を置いてくれた。

「長いも素麺《そうめん》とさくらんぼのラム酒漬けでございます」

ひんやりと冷たい小鉢と小さなおちょこのような食器にさくらんぼが二粒入っている。口

ハ鉢の方は一見麺のようだったが、そっと箸で持ち上げてみるとぱりっとした感じだ。

に運ぶとさくっとした歯触りと出汁《だし》のまろやかな風味が広がった。

「本当に長いもなんだ……」

神城が女将に尋ねる。

「女将、酒のおすすめはあるか？」

「そうでございますね……」

女将は後ろを振り返る。そこには日本酒の瓶が並んでいる。

「先生のお好みは辛口でございましたね……」

「そうだな。どっちかと言えば、そうか」

「それでは……こちらはいかがでしょう」

女将の細い指が濃紺のラベルに触れた。

「越乃景虎……辛口ですが、仕込み水が軟水なので、まろやかな風味がございます。お食事にも合うかと」

「じゃあ、それをもらおう。お、このさくらんぼ、大人の味だな」

「大人の店でございますから」

酒のお燗《かん》がつけられた。

「後はおまかせでよろしゅうございますか？」

「ああ。うまいものを頼む。うまいものを食わせてやると言って、こいつを連れてきたんだ」

「あら、板さんの責任が重うございます」

女将が明るく笑う。

「それでは、ちょっとした繋ぎにこちらをどうぞ」

染め付けの小鉢が差し出された。翡翠《ひすい》色の枝豆がこんもりと盛られている。

「枝豆？」

「どうぞ、お試しください」

筧は箸を伸ばして、枝豆を取った。ふわっと何かの香りがする。

「あれ……？」

「内緒」

思わず顔を上げた筧に、女将がにこっとした。

「神城先生がお召し上がりになるまで内緒ですよ」

「はい」

女将の笑顔には癒やされるものがあった。しっとりと明かりを落とした『le cocon《ル・ココン》』とはまったく逆で、明るさに満ちた場所だったが、この『あかり』にも優しく癒やされる雰囲気があった。『le cocon』が眠りを誘う癒やしなら、ここはおいしいものを食べて、明日も元気でいられるように前を向く気持ちをくれる場所だ。

「お……これ、山椒《さんしょう》か？」

神城が枝豆を一口食べて、目を丸くした。

「どうやって、山椒の味をつけたんだ？　これ、ただゆでただけの枝豆だろ？」

「企業秘密……でございます」

女将がお茶目に言う。

ゆでた枝豆には、山椒の風味がした。さやの中に収まっているのに、豆には塩味とほんのりと山椒の風味がついていた。

「最近は少し暑うございますから、夏らしい味わいのものをどうぞ」

深いエメラルドグリーンの角皿に、貝の刺身が供される。

「真つぶ貝と焼き葱《ねぎ》の辛子酢味噌《すみそ》でございます」

貝の刺身の上にとろりと酢味噌がかかり、わかめと焼き葱が添えられている。酢味噌の上には緑も鮮やかなおかひじきだ。

「つぶ貝？」

「エゾボラとも呼ばれる貝でございます。つぶ貝よりも大きいものですね」

「いただきます」

筧は真珠色も美しい貝の刺身に酢味噌をつけて、口に入れた。とろりと甘い貝に辛子酢味噌のぴりっとした味わいがアクセントをつけている。焼き葱の香ばしさもいい味わいになっている。

「……おいしい……」

筧が思わずつぶやくと、神城がだろと言った。

「ここは整形の森住《もりずみ》先生に教えてもらったんだ。あの先生、グルメでさ、うまい店いっぱい知ってるんだ」

神城のコミュニケーション能力は高い。ぐいぐい行くタイプなので、引いてしまう相手にはだめだが、相手の懐に入ってしまえばこっちのものだ。だから、筧と神城はセンターに来てからの期間は同じなのに、身につけている情報量は桁違いだ。

「森住先生もよく来るんだよな」

「はい。中央病院の先生方には、ご贔屓《ひいき》いただいてます」

女将が燗をつけた日本酒の様子を見ている。

「さぁ、お燗がつきました。どうぞ」

染め付けの徳利《とっくり》から白いちょこに日本酒をついでくれる。筧はあたたかい燗酒をそっと口に運んだ。

「あ、甘くない……」

思わずつぶやいた筧に、神城が呆《あき》れたように言う。

「おまえ、日本酒を甘いものと思っていたのか？」

「そういう方は多うございますよ」

女将が神城にも燗酒をつぐ。

「うちは一応ビールもご用意してございますから、甘い日本酒はどうしても飲めないとおっしゃる方には、ビールをお勧めすることもございます」

「おお……これは辛口だ。だが、ぴりぴりはしないな。確かにまろやかさがある。うん……これはうまい」

「ありがとうございます。こういうお酒に合うサラダをお出しいたしましょう」

女将がガラスの小鉢を置いた。

「……いちご？」

いちごと葉物を合わせた上に、白いドレッシングがかかり、白ごまが散らされている。

「いちごと煎り胡麻《ごま》のサラダでございます。ドレッシングは新玉ねぎ。こういう果物は日本酒に合うんですよ」

「ほう……確かにルッコラのほろ苦さに、甘いいちごと甘い新玉ねぎのドレッシングが合うな。これは意外に酒に合う……」

「味の濃いものだけがお酒に合うわけじゃないんですよ」

「甘いものとちょっと塩《しょ》っぱいもの……ということで、こちらもどうぞ」

板前が出してくれた角皿には、グリーンとクリーム色のまろやかな果肉。

「アボカドだ……」

筧はアボカドが好きだ。とろっとした味わいが大好きで、家でもスプーンですくってよく食べている。

「はい。アボカドの焼き海苔《やのり》酒盗和《あ》えでございます」

肴《さかな》が並んだ。筧は慣れない手つきで、神城に日本酒をつぐ。

「……で？　俺を誘ったのは、何でですか？」

二人の間に話が始まったのを悟って、女将がすっと離れた。別の客の前に行く。客商売ならではの勘の良さだ。

「別に。おまえと飲みたかっただけだ」

神城は読めない表情で言った。

「たまにはいいだろ」

「へぇ……そんなの初めてですね」

つきあいは年単位だが、二人で飲みに行くようになったのはごく最近で、それも『le cocon』に限る。食事も交えては初めてだ。飲み会で一緒になったのも、この前の第四病棟の飲み会が初めてだったのだ。

「そんな……余裕もできたってことだ」

ゆったりと神城が言う。

「センターに来たから……な。あそこは、俺のしたかったことがすべてできる場所だ。それを……俺の手で作れなかったことは悔しいがな」

「誰が作っても……同じです」

筧は慣れない日本酒を飲みながら言った。

「大切なのは場所を作ることではなく、そこをいかに使うかだと思います。先生は……あそこを最高の形で生かしている」

「ほう……」

神城がにっと笑った。粋な仕草でちょこを干す。

「それがおまえの評価か？」

「俺が先生を評価することなんてできません。先生は……今も、俺の上司だから」

「そんなことないぞ」

神城は目の前に届いた銀だらの西京焼きを箸で崩した。上手に身を剝がして食べている。さすがに元整形外科医は指先が器用だ。

「おまえは、今は叶《かなえ》師長の部下だ。俺は篠川《ささがわ》センター長殿の部下だしな」

「俺は……先生以外の部下になる気はないです」

少し酔いが回ってきた。もともと酒には強くない。肴がおいしいから、ついそれほど強くない酒を飲んでしまう。

「俺は……いつだって、あなたの言うことだけを聞いてきたから」

「そうか?」

神城が苦笑している。

「そのわりには、俺、いつもおまえに怒られてる気がするぞ」

「そんなこと……ないです」

脂がのった銀だらは、大根おろしをのせて食べるとおいしい。

「俺は……いつだって、あなたについてきたんだから……」

「そうか……」

木の芽をのせたのは、鱧《はも》のカツ。鱧を天ぷらにせず、パン粉をつけてフライにしたものだ。カリカリとした衣と中のふんわりとした食感が楽しい。

「それだったら」

カリッと揚がったカツを食べて、神城は言った。

「……やめようなんて、考えるなよ」

「え……」

筧の箸が止まった。

「おまえがそこまで思い詰めてるとは考えてないが、一応釘《くぎ》は刺しとく。おまえ、勝手にやめようとか考えるなよ」

る。

もう一つの揚げ物は、筍《たけのこ》と芝海老《しばえび》のかき揚げだ。からりと揚がったところを塩で食べる。

「先生……」

「何で、俺がやめるなんて……」

「そんなこと、考えてないってか？」

筧の倍《ざ》は飲んでいるはずだが、神城の瞳《ひとみ》には、みじんも酔いはない。いつものように冴《さ》え冴えと澄んだ瞳だ。

「俺はそうは思えなかったんだけどな」

「……」

筧の中に、自分に対する不甲斐《ふがい》なさがゼロだったと言ったら、それは嘘《うそ》だ。もっとできることがあったのではないか。やはり、自分のせいで、患者を危険な目に遭わせてしまったのではないか……そう思う気持ちが確かにあった。

「……俺が……ちゃんとしていたら、患者の命を危険にさらさずにすんだ……その気持ちが頭から離れないのは確かです」

「筧……」

汁物は蛍烏賊《ほたるいか》とわかめの卵とじ。たっぷりとした出汁がおいしい一品だ。

「俺がこんなこと言っちゃいけないのかもしれんが」

お銚子《ちょうし》は二本目になった。神城は手酌でやっている。

「センターにいる以上、こんなことはこれから何度でも起きるぞ」

「先生……」

「第二は患者も少なかったから、運良くなかったが、センターは救急患者の数が桁違いだ。きっと、こんなことは何度でも起きる。慣れろとは言わないが、一つ一つの症例に心を痛めすぎると、次の患者を救えなくなるぞ」

神城の言葉は明快だった。

「おまえはできる限りのことをやった。俺もできる限りのことをやった。つらいことだが、人の命を努力だけでどうこうできるほど、俺たちは偉くない。ただ、人が生きようとする手助けをするだけだ。筧、おまえ、自分に何でもできると思っていないか？」

「そんなこと……」

「ないと言えるか？　筧、俺たちは神じゃないんだ。残念ながら、できないことも、手を出せない領域もある」

おいしい肴を食べながら、神城は淡々と語る。

「だからな、筧、そんな顔するな。酒がまずくなるぞ」

「そんな顔って、どんな顔ですか」

柔らかい蛍烏賊とふわふわの卵が優しい味わいだ。思わず、頬が緩みそうになって、筧ははっと顔を引き締める。

〝いかんいかん。食べ物に懐柔されそうだ〟

「そういう不景気な面だ」

神城のあたたかい手が、筧の頰を軽く撫でた。筧はびっくりして、身体を引いてしまう。がたんと思った以上に大きな音がして、女将が振り返り、くすっと笑った。

「どうされました?」

「い、いえ……何でもないです」

酒のせいか、顔が熱い。何だか、身体がまたふわふわし始めた。

〝俺、何か変だ……〟

「先生、お寿司《すし》はいかがでしょう」

板前が白木の付け台に海苔巻きをのせて、前に置いてくれた。

「おお……こりゃ、きれいだな」

鮪《まぐろ》の赤身と中トロを海苔巻きにしたものだ。赤身と中トロのコントラストが美しく、半透明のシャリもきれいだ。

「もう〆か?」

「いえ、これはおつまみになるように、シャリをぎりぎりまで減らしています。感覚的にはお刺身に近いですね」

「うわぁ、おいしそうだ」

筧は座り直した。自分の中にもやもやと湧き上がったわけのわからないものを無理矢理飲み込んで、声を励ます。

「俺、いただいていいですか？」

「おまえ、ろくに酒も飲まんのに、肴ばっかり食べてるな」

「飲んでます。先生みたいに底なしのザルじゃないだけです」

さくっと歯で切れるほど、海苔はぱりぱりで、鮪もいいあんばいだ。確かにこれは、食事というより肴だ。鮪の味がシャリに勝っている。

「俺にも……お酒ください」

「おお、飲め飲め」

神城が酒をついでくれる。辛口の日本酒は口の中に残らず、するすると喉に通っていく。筧はそっとちょこを舐《な》めた。

〝おいしい……〟

酒には強くない。でも、これはおいしいと思う。適度に脂がのっていたり、味がしっかりしている肴のおかげで、酒がすすむ。

〝酔ってるのかな……俺〟

「筧」

巻き寿司をぱりりと食べて、神城が言った。

「うん、やっといい顔になったな」

「いい顔……ですか」

「ああ」

神城の前に三本目のお銚子。それをすいと取り上げて、神城は筧のちょこについで、にっと笑った。

「初めて、おまえに会った頃の顔だ」

「俺に……？」

がりをかじる。甘酢漬けの生姜《しょうが》も何だか特別においしい気がする。甘酸っぱさの中に爽やかさがある。ふと、思い出した。こんな……甘酸っぱい気持ちになったことがあった。

「俺が第二に就職した頃ですか……？」

「違う」

神城は手を伸ばして、筧の頭をぽんぽんと叩く。

「おまえが……まだ学生だった頃だ。俺の講義をいつも窓際の席で聞いていた」

「先生……」

神城が懐かしそうな顔をする。眼鏡を外すと、少し下がり気味の目が優しかった。

「いつも、食い入るような目で俺を見ていた。俺、看護学部に全部のクラスに講義に行っていたが、おまえくらい印象に残る学生はいなかった。俺に喧嘩《けんか》売ってるんじゃないかっていうくらい目立ってたな」

「別に……喧嘩売ってなんか……」

ちびちびと舐めていた酒をこくりと一気に飲んでしまう。

「いませんよ……」

「そうか？　あの時の印象が強かったから、第二でおまえに会った時、久しぶりだなって言いそうになった」

「……それは俺の方です」

聖生会《せいせいかい》に就職し、神城に再会したのは、最初に配属になった病棟だった。

「先生、俺に会ったって、屁でもないって顔だったじゃないですか。こいつ誰だみたいな顔して」

「そうだったか？」

筧のちょこに酒をついで、神城は眼鏡をかけ直した。

「俺は会えて嬉しかったぞ。俺が教えた学生が立派なナースになってくれたんだからな。それが俺の片腕になるために現れてくれたんだ。嬉しいに決まってる」

「……」

〝余裕が出まくった先生って……怖すぎ……〟

びりびりと触れたら切れるような雰囲気を脱ぎ捨て、生来の彼の性格らしい大らかなところが出てきた神城は、普通なら言えないような台詞《せりふ》をぺろっと吐く。

〝この人……女性にもてるだろうな……〟

ルックスだけでなく、日本人の男だったら口にできないようなことをさらりと口にする。

〝……きっと、あの人にも……〟

美人で仕事ができて、責任感が強くて……欠点なんかないようなあの人。

〝あー、忘れようっ〟

くいっとちょこを干す筧に、少し神城が心配そうな顔をし始めた。

「おまえ……大丈夫か？」

「はい？」

何だか、意識がとろんとしてきた。

「何か……目つきが変だぞ」

「そう……ですか……？」

「女将」

神城が軽く手を上げた。

「そろそろしめてくれるか？」

「あら、そろそろお食事と思っておりましたのに」

女将が神城の前に戻ってきた。

「〆はまた今度な。こいつにちょっと飲ませすぎたから、眠る前に連れて帰るわ」

「眠くなんか……ないです……」

呂律《ろれつ》が回っていない。瞼が自然に重くなる。

「俺……先生のそばに……いていいんですか……」

「何言ってるんだ」

神城が苦笑しているのが、目の端に見えた。少し困っているような、優しい顔だ。

「ああ、ずっといろ。センターにずっといて、俺のそばにいろ」

「あらあら、プロポーズみたいに聞こえますよ」

伝票を書きながら、女将が微笑《ほほえ》んでいる。

「先生にプロポーズなんかされたら、誰でもＯＫしちゃいそう」

「そんなことないって。俺なんか、医者なんていっても忙しいだけの貧乏勤務医だ。もっと稼ぎのいい奴《やつ》はいくらでもいる」

財布を取り出して、勘定を払いながら、神城は言った。

「そんな俺についてきてくれるのは、こいつくらいのものだよ」

「うわ……っ」

突然、額に冷たいものを当てられて、筧は悲鳴を上げて飛び起きた。

「あ、あれ……？」

ぐるぐると視界が回って、そのままぱたりとまた寝てしまう。

「おーい、寝てもいいが、水飲んでからにしろ」

低く響く声がして、筧は片目だけを開けた。まだ視界は少しぐるぐるしていたが、ようやく収まってきた。

「あ、あれ……？」

見慣れない木の天井。下がっているのは、懐かしい感じのするペンダント灯だ。額に載せられた冷たい濡《ぬ》れタオルに手を当てて、筧はぼんやりと言った。

「ここ……どこ？」

「俺んちだ」

にょっと視界に、男前が入ってきた。

「先生……」

神城である。彼はさっきまで羽織っていたジャケットを取って、くつろいだシャツ姿だった。

「おまえ、店で眠っちまったから、そのままタクシーで俺んちに連れてきた。おまえんちに送ってもよかったんだが、おまえんち知らねえしな。このまま泊まってけ。寝る前に水飲んどけよ。二日酔いになるから」

「あ、はい……」

寛はのろのろと起き上がると、差し出された水のペットボトルを開けた。少し眠ったせいで、酒はちょっと抜けたようだが、まだ頭がふらふらしている。

〝完全に酔っ払ってる……〟

「……すみません。大丈夫ですから、帰ります……」

「全然大丈夫じゃねぇよ」

神城が笑っている。

「そんなぼけーっとしたおまえ見たことねぇぞ。いいから、泊まってけ。部屋とふとんだけは余ってるから」

ぼんやりと見回すと、どこからどう見ても和室だった。漆喰《しっくい》の壁に木の天井、ドアではなく襖《ふすま》。その部屋にベッドが置いてある。

「ここ……」

「ああ、俺が普段寝ている部屋だ。ふとん引っ張り出すのが面倒だったんでな。嫌だったら、別の部屋にふとん敷いてやるぞ」

「いえ……」

神城の家に来たことはあるが、中に入ったのは初めてだった。玄関を見て、普通の日本家屋だなぁとは思っていたのだが、中身も古き良き日本の家だ。何となく神城の雰囲気にそぐわない。

「何か、先生のイメージじゃないおうちですね……」

酔いも手伝って、ぼそっとつぶやくと、神城が肩をすくめた。

「俺のイメージってなんだよ」

「何か……マンションとかでっかいテレビとか……」

「何だよ、それ。篠川か？」

確かに篠川の自宅はタワーマンションで、大きなテレビもあるような気がするが。

「ここは俺の実家が持っている家の一つだ。たまたまセンターに近いんで、住むことにした。まぁ、確かにマンションの方が便利だから、いい出物があったら買ってもいいんだが、その暇も惜しい気がしてなぁ」

「実家の持っている家の一つって……他にもあるんですか？」

「さて、何軒かはあると思うぞ。まぁ、空いている家はそんなにないと思うが」

さらっと言われて、やはり育った環境が違うのだなぁと思った。

〝そういえば……俺、先生のプライベートなんて、全然知らない……〟

知っていることと言えば、ものすごいお坊ちゃん学校の出身で、T大理Ⅲ出で、寝起きが悪くて……そのくらいのものだ。

「……先生、やっぱり俺なんかとは世界が違う人なんだ……」

「あ?」

「俺なんか……お坊ちゃん学校の出でもないし、アパートだって、寮で貯《た》めたお金でやっと引っ越したし……」

「何言ってんだ? おまえ」

神城が苦笑しているのが見えた。

「まだ酔っ払ってやがるな? さっさと寝ちまえ」

とんと肩を押されてベッドに寝かされ、濡れタオルを額に載せられた。

「……こんな大きな家だってあるし……」

「こんなの」

神城が笑う。

「寝に帰るだけの家だぞ」

さっぱりと笑う神城。

〝どうして……笑えるんだ?〟

あんなに苦しい思いをしてきたのに。誰にも理解されないつらい思いをしてきたのに。

そして、今だってこんなに忙しくて、ただ忙しくて……仕事に振り回されているのに。

俺だって、こんなに仕事に振り回されて……人の命の重さに押しつぶされそうになっているのに……。

「誰と……寝るんですか」

心にもない言葉が飛び出していた。筧自身がびっくりしてしまうほど、その言葉は強く響いていた。

「ここで……誰と寝るんですか。先生なら、一人でなんてことないですよね」

「おまえ、何言ってんだ？」

神城がびっくりしたように言った。

「大丈夫か？」

自分に伸ばされた手を振り払って、筧は飛び起きた。ふらふらするが知ったことか。目の前の神城にくってかかる。

「先生、知らないはずないですよね。自分がどんなに人気があるか。先生はちゃんと空気読む人だから、まわりの人間が自分をどんな風に見るか、ちゃんとわかってる……っ」

「そんなの知るかよ。俺は仕事がちゃんとできていれば……」

「篠川先生には賀来《かく》さんっていうパートナーがいるし、宮津先生だってきっといる。浅香先生も井端《いばた》先生と仲いいし……フリーに見えるの、先生だけじゃないですか……っ。この前の飲み会見ればわかるでしょう？　みんな、先生を狙ってる。先生の恋人になりたがっている。先生が声かければ……何人だって、誰だって、後をついてくる……っ」

「おまえな……」

「安藤《あんどう》さんでしたっけ……美人で仕事もできて……女性らしくて……」

筧はいつの間にか泣いている自分に驚いていた。涙が勝手にこぼれていた。大粒の涙が次々にこぼれだして、頬を濡らしている。

「まわりが敵ばっかりだと思ってた第二でも、あの人は先生に味方してた……。俺だけじゃなかった……っ」

「おまえ……黙れ」

低い神城の声。いつもと明らかに色の違う声。しかし、感情が溢《あふ》れ出《だ》してしまっている筧には、その声の違いはわからない。

「俺だけだと思ってた……俺だけが先生の味方だと思ってたのに……っ」

「ごちゃごちゃうるせぇっ」

低く押し殺すような口調で言って、ふっと神城の腕が伸びてきた。

〝殴られる……っ〟

反射的に顔をかばおうとして、手を上げかけた時、神城の手が筧の胸ぐらをつかんだ。びっくりするような力で引き寄せられる。

「……っ」

何かを言おうとした唇をいきなり塞がれた。

〝え……っ〟

彼の唇はなぜか冷たいと思っていた。しかし、それは生々しいほどに熱く、筧の唇を塞いでいた。

〝う……そ……っ〟

無意識のうちに、彼の肩にすがりついてしまう。そうでないと、身体がベッドに落ちてしまいそうだった。

〝キス……されてる……〟

気づくまで、少し時間がかかった。まるで吐息のすべてを貪り尽くすかのように、口づけは長かった。頭の芯が真っ白になって、意識を失いそうになった時、唐突に引き離され、ベッドに放り出された。

「……っ」

「まったく……ごちゃごちゃうるせえんだよ……」

低く言うと、神城はベッドに片膝を乗り上げた。ぎしりとスプリングが軋《きし》む音がする。

「俺のことなんか、何もわかってねぇのに……勝手なこと言いくさりやがって……」

手首を痛いほどの力でつかまれて、喉の奥でひっと声が出た。乱れた前髪の奥で、いつも涼しく澄んでいる瞳がわずかに薄赤く見えた。

「おまえは俺のことなんか、何一つわかっていない……」

「……っ」

再び唇を奪われた。それはキスなどという甘いものではなく、吐息をすべて奪い去るような激しいものだった。

「……っ！」

彼の肩に手を突っ張り、押しのけようとするが、しっかりとした彼の身体は、筧の腕ではどうしようもない。激しい口づけに再び意識が遠のき、ぱたりと手が落ちたところで、ようやく解放された。

「……どうし……て……」

もつれる舌で、かすれた声で、ようやく言葉を紡ぎ出す。

「何で……」

「だから、ごちゃごちゃ言うな」

ぴしゃりと拒絶して、彼は筧の着ていたTシャツをめくり上げた。すべすべとした素肌に軽く手のひらを滑らせる。

「わ……」

まるで身体の線を確かめるように滑った手のひらが、ぱちんとパンツのボタンを弾いた。ファスナーを下ろし、すっと滑らかな手が下着の中に入り込んでくる。

「う、うそ……っ」

きゅうっと大事なところを握りこまれて、声が出た。そのまま柔らかく揺さぶられる。

「あ……あ……っ」

両手で口元を押さえてしまう。飲み慣れない酒で身体が妙に熱い。つま先からじんとしたしびれが這《は》い上《あ》がってくる。

〝熱……い……〟

何をされているのかはよくわからなかった。ただ身体の内側からじんと熱くなってくる。

「あ……っ」

ぴんと軽く大切なところを弾かれて、悲鳴のような高い声が漏れてしまう。一瞬、身体の力が抜けた瞬間に、するりとパンツと下着を下ろされた。ひんやりとしたシーツが裸の尻に触れてくる。

「あ……ああ……っ！」

両足を広げられて、より深く彼の手が入ってくる。ゆるゆると全体を探られ、後ろの方まで撫でられて、両手で押さえても抑えきれない声がこぼれた。

〝何で……俺……〟

何をされているのか。何をされるのかわからない。ただ薄ぼんやりとした快感のようなものが足下から這い上がってくる。酔っているのかなと思う。そして、これは酔いが見せている夢なのかとも思う。

「……っ！」

熱くなっていた大切なものをきつくしごかれて、息が止まった。痛みと快感が一緒くたになって、筧の内側を濡らしていく。誰が自分を高めているのかわからなくなる。ただ、息が弾んで、恥ずかしいくらいに身体が熱くなって、速い鼓動に吐息がついていけなくなる。

「あ……あ……あ……っ」

両手を伸ばす。彼のしっかりとした腕に手が触れて、思わず強くつかんでしまう。

「だ……だめ……」

目の奥がじんとしびれる。喉がのけぞり、滑らかに筋肉の浮いた腕にきつく爪を立ててしまう。

「あ……ああ……ああ……っ」

こんな声を上げたことはない。自分で慰める時も、こんなに声を上げたことはない。でも、声は抑えられない。あまりに快感が強すぎて、腰が浮き上がる。

「ああ……ん……っ」

泣きそうになる。気持ちよすぎて、泣きそうになる。自分でするよりも気持ちがよすぎて、身体がぐずぐずと溶けそうになる。強引に高められていく身体。大きく開いた太ももの内側に幾筋ものしずくがこぼれる。

「ああ……っ」

ひくんと喉が鳴った。ぷっくりとふくれた小さな乳首が彼の肌にこすれて、じんとうずく。

「ああ……っ！」

ふつりと糸が切れた。強い腕に抱き上げられていた腰がはしたない動きで震えて、彼の腕の中に落ちていく。

「あ……あ……ああ……」

深いため息をついてしまう。あまりの気持ちよさに、いつもよりずっと早くいってしまった。

「……えっちな顔してんじゃねぇよ……」

彼の低い囁《ささや》きが耳に届いた。

〝え……？〟

ぼんやり目を開けると、大きな手のひらで目を覆われた。

「わ……っ」

ぐいと両足を広げられた。片手で軽々と腰を持ち上げられる。

「あ……っ」

まだ震えの走る身体。ひくりと震える小さなつぼみに熱いものが触れてきた。

〝何……〟

それが何なのかは、次の瞬間にわかった。

「あ……ああ……っ！」

ぐうっと身体の中に入ってくる熱い楔《くさび》が彼のものだとわかるのに、時間は必要なかった。

「く……っ」

熱く息づくものは、間違いなく彼のものだ。じりじりと筧を犯そうとしているものは、確かに彼のものだった。

〝うそ……何で……っ〟

「あ……やだ……っ」

「今さら、それは言わせねぇぞ……」

低くかすれた声。

「……もう……おまえも共犯だ」

「共犯って……ああ……っ！」

高く腰を抱え上げられて、深く犯される。何が起こっているのか、何をされたのか、じわじわと彼の熱に焼かれながら、少しずつ理解していく。

「あ……や……やだ……っ！　ああ……ん……っ」

意識はしっかりしているのに、身体は自由に動かない。腕も足も鉛のように重くて、少しも筧の思うように動かない。身体は彼の思うままに揺さぶられている。

「ああ……ああ……っ」

ようやく腕を上げ、彼の背中に回す。しかし、もう自分が何をしているのかわからない。彼を押しのけようとしているのか、抱きしめようとしているのか、わからない。ただ、しがみつく。置いていかれないようにしがみつく。振り落とされてしまわないようにしがみつく。

「……だ……だめ……そ……んな……っ」

「何言ったって……やめねぇぞ」

彼の声が身体の奥に響く。

「あ……ああ……っ」

「おまえはもう……」

きつく抱かれた。もう逃げられないのに。逃げようとも……思わないのに。それでも、きつく抱きしめられた。一つに……なるように。

「俺のものだ……」

コーヒーの香りがした。香ばしい甘い香りだ。そして、爽やかな花の香りもした。それが自分が顔を埋めている枕からの香りだとわかって、筧ははっと目覚めた。

「……ここ……どこ？」

ベッドの横にある窓にはカーテンではなく、障子が立てられている。筧は起き上がって、障子を開けようとして、身体のだるさと頭痛に気づいた。

「二日酔い……だなぁ。昨日は飲みすぎた……」

手を伸ばして障子を開けると、緑に包まれた庭が見える。元は花もたくさん咲いていた庭だと思うのだが、今は雑草が生い茂って、その緑が目に鮮やかだ。

「庭……？」

筧の住むアパートは三階建てで、筧はその二階に住んでいる。

「庭なんか……ないぞ」

頭を押さえながら、筧は部屋を見回した。

「ここ……」

完全な和室にベッドだけが置かれた殺風景な部屋だ。そして、ベッドの頭のところにある棚に、コーヒーメーカーが置かれていて、いい香りがしている。その他に、コンビニのサンドイッチが二つ置いてあった。

「朝ご飯……かな」

それを見て、筧はハッと我に返った。

「俺……」

昨夜のことを少しずつ思い出していく。

「先生とご飯食べに行って……飲みすぎて……いや待て……」

神城と飲みに行って、何かいろいろと話をして……何だか、ずいぶん恥ずかしいことを聞いたような気がする。学生時代の筧を知っていたとか……何だか、酔い潰れる寸前には、こっちまで恥ずかしいことを言ってしまって……彼はなんと返事をしてくれたのだろう。

「えっと……」

ここは神城の家らしいと気づいて、そして、その後のことを思い出してしまった。

「う、嘘……っ」

顔が熱くなった。心臓がばくばく言っている。

「俺、先生と……」

彼にキスをされた。何か話をしているうちに、急に胸ぐらをつかまれて……キスをされた。そして……。

「いて……」

身体中が痛い。そして、だるい。これは二日酔いだけじゃない。もっと他の……他のことで、身体が軋んでいるのだ。はっとしてふとんの中をのぞくと、ずいぶん大きいがパジャマは着せられていた。しかし、その大きく開いた胸元にびっくりするくらい赤い痕が残っている。

「……マジ……か」

筧の勘違いでなければ、これは彼が残したものだ。

昨夜、彼と身体の関係を持ってしまった。キスの後、彼にこのベッドに押し倒されて……彼に抱かれた。夢かとも思ったが、この身体のだるさと痛みと、肌に残されたこのキスマークが、夢ではなかったと教えている。

「コーヒー飲もう……」

妙に喉が渇いたので、コーヒーをもらうことにした。カップの脇にスティックシュガーが置かれているのに、思わず笑ってしまう。

「いてて……」

身体の奥が重だるい。熱いコーヒーをブラックのまま飲み、せっかく用意されているのだからとサンドイッチも食べる。

「今、何時なんだろう……」

今日は夜勤入りなので、夕方に出勤すればいいのだが、時間がわからないのは少し不安だ。それに。

「先生……病院に行ったのかな……」

朝起きて、彼はいったいどんな顔をして、コーヒーを入れ、サンドイッチを用意してくれたのだろう。

「俺……どんな顔で先生に会えばいいんだろう……」

これからも毎日のように顔を合わせなければならないのに、彼と道ならぬ仲になってしまった。いったい、どんな顔で、どんな態度で彼と接すればいいのだろう。それよりも……彼はいったいどんなつもりで、筧を抱いたのだろう。

〝俺……男だぞ……〟

同性同士で愛し合う方法があるのは知っていた。事実、筧は彼を受け入れることができて、たぶん愛し合うこともできた。しかし、感情がついていかない。確かに、彼のことを慕っている。彼の唯一の存在でありたい。でも、こんな風に、わけのわからない状況で、身体の関係を結んだりしていいものなのだろうか。

「あーっ！　わけわからんっ！」

頭をかきむしって、筧は叫ぶ。どうしていいのかわからない。これが……自分の持つ気持ちが恋心なのかどうかもわからない。わからないうちに、彼と深い関係になってしまった。どうすればいいんだろう。これから、どうすればいいんだろう。

コーヒーカップの縁を指でなぞりながら、筧は考える。ぐるぐると、答えの出ない迷宮をさまよい続けた。

ACT 8.

気温が上がったり下がったりするのも、晩春から初夏にかけての季節の特徴だ。

「今日は、何だか肌寒いね」

薄い水色のカーディガンをスクラブの上に羽織って、寒そうに言ったのは、宮津《みやつ》だった。夜勤明けの宮津は白っぽい顔をしている。眠いのとお腹《なか》が空いたので、少し顔色《いろ》が色褪《あ》せているのだ。

「宮津先生、朝ご飯召し上がってないんですか？」

回診車にかけられているビニールの覆いを取りながら、南《みなみ》が言った。

「あ、うん……ご飯は……帰ってから食べるから」

「おはようございます」

首からＰＨＳの紐《ひも》をかけながら、筧《かけい》は宮津と南に挨拶をした。

「あ、おはようございます」

宮津がにこっと笑った。

〝ほんと……可愛《かわい》いなぁ……〟

こんなに可愛かったら、男女誰にでも好かれるのはわかるのだが、篁は自分が可愛いタイプではないことを知っている。可愛いというより、生意気とよく言われる。可愛げのないタイプなのである。

「篁くん、どうしたの？　何か、すごいクマだけど……」

「はい？」

南に言われて、篁は自分の顔を触った。

「そう……ですか？」

「寝不足なのかな？」

宮津も言った。

「日勤大丈夫？」

「だ、大丈夫ですよ。何ともないです」

篁ははっと笑い、そそくさと電子カルテをのぞき込んだ。

「あー、もう患者さん入ってきてますね」

篁が神城《かみしろ》と関係を持ったのは、三日前だ。あれから勤務がすれ違い、顔を合わせることはなかった。しかし、今日は日勤の上、ヘリ番である。もう逃げようがない。

〝平常心平常心……〟

神城からは連絡の一つもなかった。結局あの日、筧はお昼近くまで神城の家にいたのだが、彼から連絡が入ることはなく、筧はコーヒーメーカーとサンドイッチの入っていた皿を台所に片付けて、神城の家を出たのだった。

「俺、受付行ってきま……」

「おはよう」

その時、少しあくび混じりのよく響く声がした。

「あ、おはようございます、神城先生」

宮津の声が背中の方で聞こえる。

「眠そうですね」

「ああ……昨夜、寝る前にシャワー浴びたら、眠気が飛んじまって。寝付いたのが、午前三時くらいだったんだ」

足音がした。

「わ……っ」

ぽんと頭に手を置かれた。

「お、おはようございます……っ」

この手で素肌を撫《な》でられた……そうふっと思ってしまったら、耳まで熱くなった。

「あ、あの……っ」

いた。

「ああ、宮津先生、明けだっけ？」

すっと神城の手が離れていき、思い切って振り返ると、もう神城は宮津の方に向かって

〝え……〟

「昨夜、どうだった？」

「あ、はい……」

〝何で……？〟

神城はいつもと変わらない顔をしていた。淡々としたインテリ顔は冷静そのもので、毛筋ほどの乱れも見せていない。宮津をつかまえて、昨夜の夜勤の申し送りを聞いている。

「筧くん、どうしたの？」

受付に行くと言ったのに、その場に縫い止められたように立ち止まっている筧に、南が不思議そうに尋ねてくる。

「あ、いえ……何でもないですっ。じゃあ、俺、受付に行ってきますっ」

駆け出しながら、筧はきっと唇を嚙《か》みしめる。

〝顔が……まともに見られない……〟

声を聞いただけで、体温を感じただけで、心臓が胸を破りそうになる。

〝こんな状態で……俺、ちゃんと仕事できるのか……？〟

受付への自動ドアをくぐり、スタッフに軽く手を上げる。

「お、おはようございます……っ」

「あ、おはようございます、筧さん。どうしました？　真っ赤な顔して」

「な、何でもないですっ。患者さん、いらっしゃいますか？」

「はい、そちらに」

「じ、じゃ、ご案内しますっ」

筧は受付スタッフに背を向けるようにして、患者に向かった。

「おはようございますっ。センターにご案内します……っ」


救急外来は三診が立ち、それぞれに介助のナースがついている。今日の二診は神城が担当で、介助ナースは筧だった。

「よーし、いいよ。こっちで薬出してもいいけど、どうする？　内科にかかる？」

神城が患者に向かって、はきはきとした口調で言った。患者はふるふると首を横に振る。

「いいです……先生に診てもらったら、何かよくなったような気がします」

「そりゃ何より。じゃ、薬出しておくよ」

「ありがとうございました」

椅子から立ち上がった患者を、筧はドアに導いた。

「じゃ、会計の前でお待ちください。処方箋もそちらでお渡ししますね」

「はい」

ドアを開けて、患者を見送る。

「お大事になさってください」

「はい、お大事に」

ドアが閉じ、筧はポケットに入れている端末を見た。そこにはカルテのリストが入ってくるのだ。

〝患者、切れちゃったよ……〟

このブースに入った朝から今までずっと患者は切れなかったのだが、午前十時過ぎになって、さすがに途切れてしまった。病院の方の外来も動いているからだ。

「えーと、俺、ちょっと初療室見てきます」

「ああ」

少しうわずった筧の声に、神城はただ頷《うなず》いただけだった。今の患者のカルテを打ち込みながら、デスクの中からペットボトルの甘いカフェオレを取り出す。

「あ、筧」

「は、はい……っ」

　思わずびくりと足を止めてしまう。

「な、何でしょうか……っ」

「何だ、その他人行儀な返事は。初療室バタバタしてなかったら、レモンティー作ってきてくれ」

「はい……」

　こちらを見もしない神城を盗み見て、筧はブースを出る。ドアを閉め、そっとそこに寄りかかった。

〝先生……俺の方、まともに見もしないや……〟

　確かに忙しかった。朝から患者が切れなくて、お茶の一口も飲む時間がなかった。もちろん、私語を交わす時間もなかったのだが。しかし、いつもなら、患者を診ながらでも、軽口を飛ばす神城が、今日は妙に淡々としている気がした。

〝やっぱり……俺のこと、見たくもないのかな…〟

　それでも、彼は筧にレモンティーを頼んでくる。他人行儀な返事をするなと言ってくれる。彼の一挙手一投足に揺れる自分が情けない。

〝でも……〟

　わかってしまった。痛いくらいにわかってしまった。

〝それでも……俺は先生が好きなんだ……。先生が……好きでたまらないんだ……〟

彼の一番でありたい。彼の隣に立つ者でありたい。いつも、そばにいたい。ずっとそばにいたい。

「筧？」

隣のブースから出てきた篠川《ささがわ》が、ドアに寄りかかっている筧を見て、首を傾《かし》げる。

「どうしたんだ？」

「あ、い、いえ……」

筧は姿勢を正した。

「な、何でもありません。患者さんが切れたので、初療室を見に行こうと思って」

「いい心がけだ。神城先生の仕込みがいいようだな」

「別に……仕込まれてなんかいません」

筧は慌ててドアから離れて、歩き出した。

〝これは……きっと罰なんだ〟

こんなに好きでたまらないのに、自分はあの人を侮辱してしまった。酔った上とは言え、彼に苛立《いらだ》ちをぶつけて、ひどいことを言ってしまった。

〝あの人が……神城先生が簡単に人に声をかけることなんて……簡単についてきた相手を引っ張り込むことなんて……あるはずないのに……〟

あの人は何よりも仕事を大切にしている。仕事仲間を大切に思っている。だから、落ち込んでいた筧を飲みに連れていって、慰めてくれた。そんな彼が仕事仲間を遊びの相手にするはずがなかった。

〝……これは罰なんだ……俺に対する……罰なんだ……〟

きっと……彼を好きになってしまった俺に対する……罰なんだ。

あなたを汚してしまった……俺に対する罰……なんだ。

自然にこみ上げてきた涙を飲み込んで、筧は初療室に向かった。

「次の患者さん……」

筧が午後一の患者を送り出し、次の患者を呼び入れようとした時だった。

「ちょい待ち」

神城がポケットから黄色いテープを貼ったＰＨＳを引っ張り出した。ドクターヘリ用のものだ。

「神城」

〝ドクターヘリの呼び出しだ……〟

筧もポケットの中の同じＰＨＳを握りしめる。ドクターヘリの呼び出しはドクターから呼んでいく。ドクターに呼び出しがかかり、次にナースに呼び出しがかかるのだ。

「……了解。筧はいいぞ、俺が連れていくから」

神城が立ち上がった。筧を押しのけるようにして、ブースのドアを引く。

「叶《かなえ》師長、いるか」

「はい、先生」

すうっと叶が近づいてくる。

「ここ空ける。筧も連れていくからよろしく」

「はい、行ってらっしゃいませ」

叶がいつものように落ち着いて答えた。神城は羽織っていた白衣を脱いで、デスクに放り投げた。

「筧」

「は、はいっ」

振り向いた顔はいつもの彼のものだ。

「行くぞ。来い」

「はい……っ」

筧はすでに走り出していた神城の後を追って、走り出していた。

「お疲れ様です」

神城と共に管制室に駆け込むと、すでにパイロットの真島《ましま》とフライトエンジニアの有岡《ありおか》はヘリに乗り込んでいた。ＣＳの高杉《たかすぎ》が待っていて、ヘッドセットをつけて、情報をとり続けている。

「お疲れ」

さっと答えて、神城はフライトスーツを着る。筧もすぐにケーシーの上からフライトスーツを着た。

「場所は山岳地です。山中のロッククライミング場での墜落事故で、自己確保ロープが切れて、墜落したそうです。詳しいことは有岡さんに渡したファイルに」

高杉が落ち着いた声で言った。

「山岳地って、降りられるのかよ」

フライトスーツを引き上げながら、神城が聞く。袖に腕を突っ込み、前のファスナーを閉める。

「いえ、ドクターヘリが降りるのは難しいと思います。消防防災ヘリでの吊《つ》り上《あ》げ救助になる可能性が高いとのことです。ドクターヘリとは、ランデブーポイントで接触ということになると思います」

「了解。筧」

「はい」

「行くぞ」

神城はヘリに向かって走り出す。救急バッグを肩にかけて、筧もすぐに後を追った。ヘリはローターを回して待っている。

「走れっ」

「はいっ」

ヘリに駆け寄って、二人は飛び乗った。

「真島、Ｇｏ」

「了解。テイクオフ」

ドアを閉めながら、ヘリは空高く舞い上がった。


「ランデブーポイントが見えました」

ドクターヘリは有視界飛行である。前を見ていた真島が言った。

「防災ヘリがいますね。もう傷病者を連れてきたのかな……」

「いや、時間的にそれはないだろう。真島、降りられるな」

時計を見ながら、神城が言う。真島が頷いた。

「了解。降下します」

「筧、降りるぞ。準備しとけ」

「はい」

ヘリの中で、神城と筧はほとんど無言だった。出動の時はたいていヘリの中は静かだ。CSの高杉から送られてくる情報を受け取りながら、精神を集中していくのだ。いつものようにヘリに乗るうち、筧の心は平静になっていった。緊張感が筧の雑念を払い、いつもの筧に戻していた。

〝こうして……一緒にいられる〟

筧が逃げ出さなければ、こうして神城のそばにいられる。それがどんな形でもいい。ただ、彼のそばにいられればいい。

〝俺は……逃げない〟

そっと神城の横顔を見る。きりりと引き締まったその横顔。

〝先生は……全然変わっていないんだ〟

彼はずっと一つの信念の元で生きていた。一秒でも早く患者の元に駆けつけ、その命を救う。それは初めてドクターヘリに乗った時から、ずっと変わっていなかった。

〝第二に行っても、センターに来ても……先生は少しも変わっていなかった〟

彼が変わったと思っていたのは、筧だけだった。

〝俺が好きな先生は……ずっと変わっていなかったんだ……〟

「タッチダウン」

ヘリがふわりと舞い降りる。激しい砂埃《すなぼこり》が舞い上がる。

「筧、行くぞ」

「はい」

まだローターが回り続ける中、神城はヘリを降りた。筧も続く。

「お疲れ様です」

すぐに駆け寄ってきたのは、消防防災ヘリの搭乗員だった。消防防災ヘリは、東京消防庁や政令指定都市の消防局に設置されている消防航空隊などの持ち物である。山岳救助の出場がかかった時には、この消防航空隊が出てくるのだ。

「聖生会《せいせいかい》中央病院救命救急センターの神城です。こっちはナースの筧」

「筧です」

筧はぺこりと頭を下げる。

「よろしくお願いします。東京消防庁航空隊の長谷川《はせがわ》です」

「傷病者はもう収容されたのですか？」

筧はバッグを担ぎ直しながら尋ねた。長谷川が首を横に振る。

「まだです。実は……山中での事故で、救助に時間がかかる可能性が高いので、できたら、先生に現場まで行っていただきたいのですが」

「そのつもりで来ている」

神城は間髪いれずに言った。

「だが、現場は山中だろう？　どうやって入る？」

「……先生、登山の経験はおありですか？」

長谷川がためらいがちに言った。神城はちらりと彼を見る。

「俺に山登りしろってか？」

「別動で、救助隊が入ります。傷病者を担架で搬送しますので、途中ででも接触していただけたら……」

「まだるっこしいな」

神城がぴしゃりと言った。

「え？」

長谷川がきょとんとしている。

「先生……」

「あのヘリ、防災ヘリなんだから、ホイストの設備はついてるんだろ」

「は、はぁ……」

ホイストとは、ヘリに搭載されている救助用ウインチのことである。もともとはスリングと呼ばれる救命浮環《きゅうめいふかん》を装着し、遭難者を揚収するものであったが、遭難者が必ずしも自力でスリングを捉えることができるとは限らないため、このホイストを利用して、救助者が降下し、遭難者を救助することにも使われるようになった。

「なら、それで降りる」

神城はさらっと言った。筧はぎょっとして、同じような表情を浮かべた長谷川と顔を見合わせる。

「ほら、時間が惜しい。とっとと行くぞ」

「い、行くぞって、先生……っ」

すでに大股で防災ヘリに向かって歩き出している神城に、長谷川が追いすがる。筧もすぐに後に続いた。

「心配すんな。ホイストでの降下は訓練している。何度か降りたこともある」

「降りたこともあるって……先生、山中での降下は隊員でも難しいです」

「難しくたって、やるしかなかろう。歩いて登ってたら、いつ出会えるかわからないし、出会った場所で、すぐに治療に入れるかもわからない。それだったら、とっとと現場に行って、初期治療を開始した方が救命率が上がる」

「し、しかし……っ」

神城はさっさとヘリに乗り込んでいた。筧もすぐに後に続く。

「先生っ」

「長谷川さん」

筧は困惑している長谷川に向かって言った。

「この人は、絶対に考えを曲げません。説得しようとするだけ、時間の無駄です。かっこつけの激しい人ですから、無様な失敗はしません。さっさと行きましょう」

「は、はぁ……」

堅く張り詰めた表情をした神城と筧を乗せて、防災ヘリは舞い上がった。


防災ヘリはドクターヘリよりも大型なため、安定感がある。揺れも少ないので、筧は安心して、下をのぞき込んでいた。

「山、深いですね……」

「そうでもないんですよ。時間を稼ぐために登山道がない方からアプローチしているのでそう感じるのだと思います。登山道のある方は結構登りやすいんです」

長谷川が言った。

「……もうすぐです。あそこ……岸壁が見えますか？」

指差す方を見ると、直立する大きな岩が見えた。高さは三十メートルほどありそうだ。鬱蒼《うっそう》とした木々の中に裸の岸壁があるのは、少し異様にも見えた。

「なるほど」

神城の声がした。

「格好のロッククライミング場ってわけだ」

「ええ。登山道も整備されてますし、高さも斜度も適当で、いい場所なんだそうです」

「アプローチします」

パイロットの声がした。長谷川が緊張した面持ちになる。

「……神城先生、本当に……おいでになるんですか？」

「ここまで来といて、今さら何言ってんだ」

神城は降下の準備を始めていた。確かに慣れた仕草でホイストケーブルを装着している。

「先生……何者ですか？」

長谷川がこそこそと筧に聞いてきた。筧はふっと笑って答える。

「救命救急医ですよ」

きりりと引き締まった神城の横顔を見つめる。

「一級品のね」

現場上空に入ると、すでに救助を始めている先発隊の姿が見えた。

「あれはどうやって入ったんだ？」

ヘリのドアを開けて、神城が言った。救助に入っているのは五人ほどだ。その他、傷病者と同じくロッククライミングをしていたらしいクライマーの姿が見える。

「ホイストで降ろしました。あと別動隊が徒歩で入っています」

「傷病者が見えました」

双眼鏡で下を見ていた筧が言った。

「男性……手足を動かしていますね。意識はあるようです」

「了解。筧、ここに収容するから、準備しとけ」

「わかりました」

「長谷川さん、この上空にどのくらいホバリングしてられる？」

「それは問題ありませんが……先生、ハーネスで揚収されるおつもりですか？」

「できたらな。患者の状態を見て、連絡する。筧」

「はい」

神城がドアから身体《からだ》を出した。長谷川がウインチの操作を始める。

筧は神城を見つめた。

この人はなんて強いのだろう。まっすぐに目標に向かって飛び出していく。最短距離を駆け抜けて、目標に向かう。そこにためらいはない。

〝そうだ〟

あの大学病院のヘリポート。まっすぐにヘリに駆け寄っていった後ろ姿に惹《ひ》かれた。あんな風に生きたいと憧れた。そして、その思いは今もずっと続いている。この人のようでありたい。この人のそばにいたい。

「待ってろ」

「はい」

神城が身を乗り出す。長谷川がウインチを操作する。

「降下」

一声で言って、神城はヘリの外に身を躍らせた。

神城がするすると下に降りていく。まったくためらいのない見事な身体の使い方だ。

「まったく……何者ですか、あの先生……」

下を見ながら、長谷川がウインチを操作している。

「まわりに何もないならまだしも……これだけ木が茂っている中をまったく怖がりもしないで降りていくなんて……」

「あの人に恐怖なんて言葉はありませんよ」

筧は救急バッグを開けて、中を確認し、ヘリの装備を確認しながら言った。

「あるとしたら……患者を助けられないことですね。あの人にとって、たぶんそれが一番の恐怖だと思います」

筧は身を乗り出して、下をのぞいた。高いところは怖くない。この高さを怖がっていたら、フライトナースにはなれない。神城は下に降り、ウインチのワイヤーを外すところだった。筧がのぞいているのがわかったのか、きゅっと右手の親指を立てて見せる。

「かっこいい先生だ」

ふうっと長谷川がため息をついた。

「……そうですね」

筧は胸がきゅんと絞られるのを感じていた。胸が痛くなるくらい、あの人のことが好きだと思った。好きで、ずっと見つめていたくて、ずっとそばにいたくて。あの人の隣にいられるなら、どんなことを言われてもいいと思った。

〝たとえあなたが……俺のことを嫌いでもいい。仕事の上だけでも……あなたのパートナーでいられれば、それだけでいい……〟

『筧』

　はっと気づくと、無線から神城の声がしていた。長谷川がハンディタイプの無線を筧に渡してくれる。

「はい、先生」

　筧は涙ぐんでいる自分にびっくりしながら、慌てて無線を受け取る。

「どうぞ」

『初期評価する』

「はい」

　下をのぞくと、すでに神城は傷病者のそばにいた。

『意識レベル、ＪＣＳⅡ‐10、ＧＣＳ、Ｅ３Ｖ４Ｍ５』

　筧はメモを取っていく。

『血圧、上が１３９、下は触診、心拍95、呼吸24、サチュレーション99パーセント、瞳孔、右４＋、左４＋』

　神城の声は明瞭だった。

『後頭部に挫創、右耳孔より出血あり』

「了解しました」

『バイタルが落ち着いているうちに、ヘリに揚収する。ワイヤーを下ろしてくれ』

「わかりました」

長谷川が横から言った。

「まったく……たいした先生だ……」

傷病者はすでに全脊柱固定をされているところだった。これから、担架ごとヘリに吊り上げるのだ。ずっと神城を見ていたい気持ちを抑えて、筧は収容準備を始めた。


防災ヘリに収容された傷病者は、ランデブーポイントで待っていたドクターヘリに乗り換え、聖生会中央病院救命救急センターに収容された。

「バイタルは落ち着いてるから、ルート取ったら、CT行こうか」

センターで待っていた篠川が指示する。

「わかりました」

一緒に待っていた宮津が答え、ナースと一緒に傷病者を連れていった。

「はい、お疲れ」

フライトスーツのファスナーを開け、ふうっと息をついた神城に、篠川が言った。

「何か、派手にご活躍だったたって？」

「何で知ってるんだ？」

神城は篠川から渡された缶コーヒーを飲みながら言った。

「高杉だよ。向こうの人から、あの先生何者だって言われたらしい」

「何者ってな。別にホイストで降りるくらい、たいしたことじゃ……」

「たいしたことだよ」

篠川が呆《あき》れたように言う。

「レンジャーの訓練でも受けてたの？」

「学生の頃に、スカイダイビングやってたんだよ。その流れで、ドクターヘリに乗ることになった時、ちょっと訓練受けた。高いところは嫌いじゃないから」

「嫌いじゃないって……」

神城の答えに、篠川は絶句している。

「筧」

よっこらしょとヘリから降りると、篠川が声をかけてきた。

「あ、お疲れ様です、篠川先生」

「はいよ。おたくの大将、何とかしてよ」

「はい？」

さて、誰のことかと考えて、神城のことだとわかった。思わずくすりと笑ってしまう。

「何笑ってんの」

「す、すみません」
まだくすくす笑いながら、篁は言った。

「センターも広いですから、一人くらいこういう変わった人がいてもいいんじゃないでしょうか」

「変わったとは何だよ、変わったとは」
神城がじろりと篁を見る。しかし、甘い缶コーヒー片手では格好がつかない。
〝さっきまで、あんなにかっこよかったのにな〟

「先生、さっさとセンターに戻ってください。戻ったら、レモンティー作って差し上げますから」

「お」
神城がにっと笑った。まだ顔に山で負った擦り傷が生々しい。ホイストで降りる時に、木の枝にかすったのだという。

「今日は……」

「スティックシュガー三本ですね。DMになりますよ」
篁はバッグを担いで、管制室に向かう。フライトスーツを脱ぐためだ。神城はまだヘリポートに残って、缶コーヒーを飲みながら、空を見上げている。日はまだ高い。すっかり日が長くなったので、もう一度くらい今日は飛べそうだ。

「先生」

　筧は足を止めて、振り返った。神城が上を見上げていた視線を戻す。すっきりと澄んだ知的な瞳《ひとみ》。筧は少し言葉に詰まる。まっすぐに見るとやはりまぶしい。こんなにも、この人は輝いていて、筧はそれを見るのが好きで。

「俺……この仕事、ずっと続けますから」

「筧？」

　ヘリのローターが止まり、もうじき真島と有岡が降りてくる。今言ってしまわなければならない。心の中にあるものを。しっかりと言葉にして、彼に伝えなければならない。

「それで……ずっと先生のそばにいますから……先生が邪魔だって言っても、絶対に離れませんから……っ」

　神城がこっちを見ている。冴《さ》え冴《ざ》えと澄んだ瞳で、筧を見つめている。その口元がふっと微笑《ほほえ》んだ。

「……望むところだ」

　低く魅力的な声が言った。

「ずっと……ついてきやがれ」

「……はい」

「遅れたら、置いてくぞ」

さっと神城が走り出した。缶コーヒーの空き缶をポケットに入れ、立ち止まっていた筧を追い越して、管制室に駆け込んでいく。

「さっさと来いっ」

「はいっ」

先を争うように駆け出していく二人の後を追って、一瞬、緑色の風が吹き抜ける。もう夏はすぐそこまで来ている。

ACT 9.

週末の『le cocon《ル・ココン》』はめずらしくほぼ満席だった。隣の美術館で、ダンス・パフォーマンスがあったのだという。まったくいろいろなことをやる美術館だ。ナイト・ミュージアムをやってみたり、コンサートをやってみたり。今は薔薇《ばら》が盛りなので、なお人出が多い。

「いらっしゃいませ」

「いらっしゃいませ」

マスターである藤枝《ふじえだ》の他に、若々しい声がした。

「あれ？」

筧《かけい》はカウンターの中にいる見慣れないバーテンダーを見つめる。

「新しいバーテンダーさん？」

「いえ、私は『la danse《ラ・ダンス》』のウエイティング・バーのバーテンダーです。今日はお手伝いに」

まだ二十代の初めに見える若々しいバーテンダーだ。藤枝はいつものようにおっとりとカウンターの中にいる。

「いらっしゃいませ、筧さん」

「こんばんは、藤枝さん。席ありますか？」

「おーい、筧」

はっきりとした響きのいい声がした。筧はびくりとして、店の奥をのぞき込む。

「か、神城《かみしろ》先生……」

「隣空いてるぞ。さっさと来い」

神城が来ているとは思わなかった。筧はおっかなびっくり店の奥に進む。

「どうぞ」

藤枝が微笑《ほほえ》みながら席を作ってくれた。カウンターのいちばん端には、どきりとするくらい端麗な美貌のオーナー、賀来玲二《かくれいじ》が座っている。その隣に神城がいた。

〝何か……気後れするツーショットだな〟

きらきらまぶしい感じである。しかし、そんなことも言っていられない。神城とつきあう以上、彼の学生時代の後輩であるという賀来との接触は避けられないのだ。

「いらっしゃいませ、筧さん。ご贔屓《ひいき》にしてくださっているそうで」

賀来がにっこり微笑んで言った。たったこれだけでとんでもなく破壊力のある美貌である。崩していた体調も戻りつつあるらしく、ずっとノンアルコールだったドリンクも、今日は以前と同じようにアメリカン・フィズを飲んでいるようだ。

「座れ、筧」

「はい……」

筧は神城の隣に座った。今日の彼は遅番だったはずだ。シャワーを浴びてから来たらしく、ミントの爽やかな香りがしている。

「先生、晩ご飯は？」

「検食食ってきた。豚の生姜《しょうが》焼きだったぞ」

「肉固かったでしょう？　冷めてたでしょうから」

「病院での食いもんなんざ、腹がふくれりゃいいんだよ」

神城があっさりと言うのに、賀来が心外ですねと微笑んだ。

「食事は大切ですよ。確かに、聖生会《せいせいかい》中央病院の食事は、病院食としては悪くないと思いますが、健康な人が食べるものとしては少々物足りないかと思います。よろしかったら、今度、うちの店にいらっしゃいませんか？　サービスしますよ」

「嫌だよ。おまえの店、ミシュランの星持ちなんだろ？　そんな肩肘張ったところで飯食ったって、うまかねぇよ」

神城がビールを飲みながら、あははと笑う。

「俺、うまいもんは好きだが、ナイフとフォークがどうのこうのってのの、苦手なんだよ」

「何言ってるんですか、大企業オーナーのご子息が」

「大企業オーナー?」

筧は初めて聞く神城のバックボーンに、聞き耳を立てた。

「筧さん、お飲み物何にいたしましょう」

藤枝が穏やかに尋ねてきた。筧はえーとと考える。

「あまり……アルコールが強くないものを」

ちょっとだけ、この前のことがフラッシュバックする。

〝酔っ払わないようにしなきゃ……〟

あの時のことは、断片的にしか覚えていないが、何かとても恥ずかしいことを言った上に、してしまった気がする。

「じゃあ……世界一贅沢《ぜいたく》でおいしいオレンジジュースを差し上げましょう」

藤枝はカウンターの下の冷蔵庫からオレンジを二つ取り出した。くるくると器用に皮を剝《む》き、清潔なふきんで丁寧に絞る。

「ふきんで絞るんですか?　スクイーザーじゃなくて?」

「ええ。この方が渋みが出にくいんです。ちゃんと熟しているものを選べば、ふきんで絞れないものはありませんから」

そして、カウンターの上のワインクーラーからシャンパンのボトルを取った。フレッシュオレンジジュースをフルートグラスに注ぎ、上からシャンパンで満たす。軽く一混ぜして、筧の前に置いた。

「ミモザです。どうぞ」

きらきらと気泡の上がるシャンパンの中に、ふわふわとオレンジが舞っている。黄昏時《たそがれ》の泡雪のようでとてもきれいだ。

「きれいだ……」

「おー、何か乙女だな」

神城が混ぜっ返した。筧はふんと少しそっぽを向いて、一口ミモザを飲む。

「本当に……贅沢なオレンジジュースですね……」

「おいしいでしょう？　いいオレンジとシャンパンを使うのがコツです。家でも簡単に作れますよ」

藤枝が優しく言った。筧は頷《うなず》いてから、神城の方に向き直る。

「それで先生、先生が大企業のオーナーのご子息って、本当ですか？」

「何だよ、それ蒸し返すのかよ」

神城が嫌な顔をした。筧はにっこりと笑ってやる。

「ええ。先生のことはすべて把握しておきたいので」

「おいおい……」

「ずっとそばにいろとおっしゃいましたから」

筧はすまして言った。賀来が目を丸くしている。美形のびっくり顔はちょっと可愛《かわい》い。

「神城先輩……筧さんにプロポーズなさったんですか？」

「な、何だよ、それっ」

あたふたしている神城などなかなか見られるものではない。藤枝も興味深そうに見ている。

「違います。仕事上のパートナーってことです」

筧は落ち着いて言った。

〝……それでいいんだ。ずっとそばにいられれば……〟

甘酸っぱいミモザの味わいが優しかった。筧は神城を見つめる。筧の黒い瞳《ひとみ》を見返して、神城は仕方ないなという顔で、軽く肩をすくめた。

「……別に大企業じゃない。会社はいくつか持っているが、みんな中小企業だぞ」

「何威張ってんですか。総社員が一万人超えてれば、結構大企業では？」

「そんなことないって。資産はたいしたことないし」

神城はあっさりと言う。

「でも、何不自由なく育ててもらったから、それはありがたいかな」

「先生、跡継がなくていいんですか？」

ミモザのお供は甘いいちごだ。ビターなガナッシュがさっとかけられているのがおしゃれである。

「それは兄貴がやってくれてる。俺は出来のよくない次男坊でな」

「先輩の感性は世間からずれてますよ。出来のよくないお人がT大理Ⅲに入りますか？」

賀来が呆《あき》れたように言う。

「やっぱり、先輩はキングですよ。いろいろな意味で」

「世間知らずってか？　藤枝、ビールくれ」

「はい。同じものでよろしいですか？」

「いや……ハーフ&ハーフで」

「はい」

藤枝はゴブレットを取り出すと、泡を立てずに丁寧にピルスナータイプのビールをついだ。半分までビールを入れ、少し落ち着かせる。そして、スプーンを取り出すとゴブレットの上に裏返しにして置き、スプーンの背に沿わせるようにして黒ビールを注ぎ入れた。静かにゆっくりと注いで、ゴブレットの中には、金色と黒の二層のビールができあがった。泡がゆっくりと上がってくる。

「どうぞ。ブラック&ゴールド、もしくはブラック&タンと呼びます」

「ほぅ……これはきれいだ」

「混ぜてもいいのですが、このままゆっくりと飲んでいただくと、また違った味わいになります」

コトリと置かれたゴブレットを手にして、神城はそっと口をつけた。

「……ほぅ……黒ビールの香りの後に、ピルスナーの爽やかさが来るな……。これはうまい」

「ありがとうございます」

おつまみは、スライスチーズの上に何かの粒がパラパラとかけられ、さらに蜂蜜をかけたものだった。

「……何だ？　これ」

神城が言うのに、藤枝はいたずらっぽく答えた。

「お試しください。ビールに合うことは保証します」

「……」

神城は恐る恐るチーズを口に運んだ。筧も横からのぞく。

「……もしかして、これ……」

「インスタントコーヒーか？」

一口食べた神城が言った。

「へぇ……チーズの塩《しょ》っぱさと蜂蜜の甘みと……コーヒーの苦みがビールに合うな。これ、うまいな」

『le cocon』では、飲み物にちょっとしたおつまみがつく。それに変わったものがあり、常連たちが楽しみにしているのだ。

「腹がいっぱいにならなくていい」

「もともとビール自体が発泡しているので、お腹《なか》が張るんですよね。だから、おつまみは重すぎないものを心がけています」

藤枝がグラスを拭きながら言う。

「何事も過剰になるのはいけません。ほどほどです」

「何か、俺のこと言われてる気がするぞ」

神城がそっとグラスを置きながら言う。

「過剰なのは、俺の専売特許だからなぁ。過剰に自分を煽《あお》って、何とか立ってるからなぁ」

「先輩はそれでいいんですよ」

賀来がゆっくりとアメリカン・フィズを飲みながら微笑む。

「キングは堂々と王道を行けばいいんです。まわりを気にすることなんてない」

筧はそっと静かにミモザを欽む。隣に座っている神城からは、微《かす》かなミントの香り。

〝そう……まわりを気にすることなんてない。俺は……勝手についていくから〟

彼はついてこいと言ってくれた。だからついていく。

これが恋なのか、そうでないのか、そんなことはわからない。たぶん、彼もわかっていないと思う。わからないままに、自分たちは手を結び合ってしまった。ただ、溺れる者が何かをつかもうとするように、互いの手を取ってしまった。

〝俺たちは……一緒の空間にいられる〟

どんな恋人たちよりも、自分たちは一緒の空間にいられる。一緒の時間を共有できる。いちばん近くにいて、いちばん役に立つことができる。彼の手の届くところにいて、彼のサポートができる。

〝それだけで……いい〟

健気は自分のがらじゃないけれど、キングに傅《かしず》くのは悪くない。もともと高みにある人に憧れたのだ。そのそばにいることを許されただけで、今はいい。

「筧さん」

大人しく飲んでいる筧に、藤枝が話しかけてきた。

「はい」

「場所は……見つかりましたか?」

筧は藤枝を見た。優しい瞳をしたバーのマスターは、筧を見つめていた。まるで慈しむように。

「……たぶん」

「それはよかった」

「何だよ、場所って」

耳のいい神城が話に割り込んできた。藤枝はにっこり微笑んで、軽く唇に指を当てた。

「内緒です。私と筧さんの秘密ですよ」

「あ、藤枝、おまえ、筧にまで粉かけんなよ。おまえには宮津《みやつ》先生がいるだろ」

不服そうに言う神城に、藤枝は空になったグラスを下げて、落ち着いた口調で言った。

「もう一杯お作りしますか？」

「うーん……ビールのカクテルって、何かあるか？」

「じゃあ……」

くすっと軽く、藤枝が笑う。

「シャンディ・ガフをお作りしましょう」

薔薇の香りがした。あたたかな夜風に乗ってふわふわと甘く魅惑的な香りがする。空を見上げると、わずかに切れた雲の間から煌々《こうこう》と明るい月が見えた。

「満月だ……」

　思わずつぶやいていた。

「すごく明るい……」

「こんな夜なら、有視界飛行で飛べそうだな」

　後ろを歩いていた神城の言葉に、筧は吹き出した。この人はどこに行っても、いつでも、仕事のことが頭から離れないようだ。

「まだ飛び足りないんですか？」

　あの山岳救助の後、嘘《うそ》のようだが、もう一回要請がかかった。ぎりぎり午後五時だったが、日があったので飛んだ。センターに戻ったのは午後六時だった。ヘリは暗くならないうちに、慌てて格納庫に戻っていった。

「ああ、できたら一日でも飛んでいてぇよ」

　神城はのんびりと答える。

「俺は待っているのは性に合わねぇんだよ。多少方向が間違っていても、前に進んでいきたい。間違ってたら、方向転換すればいいだけじゃねえか」

　薔薇が盛りの美術館の角を曲がり、信号を渡る。

「へぇ……おまえんち、こっちなのか」

「知らないでついてきてるんですか？」

筧のアパートは、神城の自宅よりも病院に近い。病院からは歩いて十分ほどだ。近いことだけを条件に選んだ物件である。

「ついていってるわけじゃねぇよ。俺んち、ここから行けるから」

「ですね」

あの日、筧は神城の自宅から歩いて戻った。タクシーを呼んでもよかったのだが、何だか少し歩きたかった。歩いていける距離に住んでいることが、何となく嬉《うれ》しかった。

「へぇ……このへんに住んでるのか」

神城は興味津々といった顔で、住宅街を見回している。

「……病院に近いから選んだんです。俺たち男のナースは寮に入れないから」

「借り上げとかないのか？」

「ドクターとは違いますよ。せいぜい住宅手当が出るくらいです」

聖生会の医師は年俸制だと聞いたことがある。年俸を十二で割って、月ごとに支給されるらしい。住宅手当などはあるのだろうか。

「住宅手当って、家賃全額出るのか？」

「出るわけないでしょう。俺の場合、半額くらいですかね。それでも、同級生とかに聞くと、うちはましな方みたいですよ」

筧のアパートが見えた。少したためらってから、筧は振り返った。神城は両手をポケットに突っ込んで、のんびりと歩いている。上背があるので、ただ歩く姿も格好いいのが悔しい。

「……寄ってきますか？　コーヒーくらいなら出しますけど」

「ああ……いやいい」

頷きかけた神城だったが、少し苦い笑みを浮かべて、首を横に振った。

「……今日は帰る。おまえもさっさと寝ろ」

「はい……」

ぺこりと頭を下げて、自分のアパートに向かって歩き出した筧だったが、ふと足を止めて振り返った。神城の背中が見えた。いつもは清々《すがすが》しく伸びている背中が少し丸くなって、ゆっくりと歩いていくところだった。

〝先生……〟

いつも凜々《りり》しい人が、何だか妙に寂しそうに見えた。

〝一人……なんだ〟

あの広い家で、彼は一人なのだ。全部の部屋を見たわけではなかったが、古い日本家屋はほとんどの部屋が使われていないようだった。たぶん、神城が使っているのは、水回りと寝室、あと一部屋か二部屋くらいのものだろう。庭も手入れがされていなくて、何だか寂しげに見えた。

〝あの家に……帰るんだ〟

たった一人の家に。

そう思うと筧はたまらなくなってしまった。

「……おい」

背中から抱きつくと、神城がびっくりしたような声を出した。

「俺を絞め殺す気か？」

「……後ろから殺すなら、刺し殺すか、殴り殺してます」

筧の返事に、神城が笑い出した。くるっと筧を自分の前に回す。圧倒的な力の違いに、筧は背中にひやりとしたものを感じる。筧の身体《からだ》がびくりとすくんだのがわかったのか、神城はそっと手を離した。

「おまえに殺されても仕方ないことを俺はしたんだよなぁ」

優しい声だった。思わずうつむいていた筧ははっと顔を上げる。

「そんな……」

「俺は急ぎすぎた。前に進みすぎたんだよな」

筧の頭にぽんと手を置いて、神城は少し困ったような顔をする。

「……ごめんな、筧」

彼らしくもない弱気な瞳に、筧は何だか泣きそうになってしまう。こんな情けない彼でも好きだと思ってしまう自分がいる。自分だけに見せてくれる顔だと思うと、何だか嬉しくなってしまう。泣きたいくらいに嬉しい。

「な、何を謝っているんですか。せ、先生らしくもない」

「この上もなく俺らしいぞ」

神城はくりくりと筧の頭を撫《な》でる。

「突っ走るだけ突っ走って、まわりに迷惑かけて、それから後悔する」

「後悔……してるんですか」

筧はじっと神城の瞳を見つめる。今日も憎らしいくらい涼しい瞳だ。

「後悔して……いるんですか？」

あの夜のことを。激しく、熱かった夜のことを。

「なかったことに……するんですか？」

「おまえがそうしたいなら」

優しい声音で、神城は言う。

「俺はさ、結構おまえに骨抜きだったりするんだぜ？　おまえに嫌われることがいちばん怖い」

「え……っ」

何を言われたのか、わからなかった。彼があまりに優しく、澄んだ瞳で囁《ささや》くから、いったい何を言っているのかわからなかった。

「あの……」

「あのなぁ、一世一代の告白ってのを聞き返すなよ。二度は言わんぞ」

いったい何を言っているのだ、この人は。さんざん突っ走って、人を振り回して、ばらばらにして、めちゃくちゃにして……そのあげくにこれか？

「帰って寝ろ。明日も仕事だろ」

頭をぽんぽんして、神城はすいっと筧の横を通り、歩き出していた。その腕を筧は素早くつかむ。

「先生っ、逃げる気ですかっ」

「おまえな……っ」

筧は神城の腕をつかんで、低く言った。

「俺は……後悔なんてしてませんからっ。全然してませんから……っ」

「筧……」

筧はぽろりと涙を落とした。自分が何で泣いているのかわからなかった。嬉しくて泣いているのか、悲しくて泣いているのか、わからない。彼に愛の告白らしいものをしてもらったことが嬉しいのか、後悔しているといわれたのが悲しいのか、何だかよくわからない。ただ、もう涙を飲み込まなくてもいいのだと思った。この人の前でなら、泣いてもいいいのだと思った。

「……っ」

ふいに胸ぐらをつかまれた。そのままぐいと引き寄せられる。

「骨抜きってのは……こういうことだ」

語尾の最後が唇に溶けた。微かに苦い……ビールの香りのするキス。彼の唇から、舌先からホップの香りを盗み取る。二度目のキスは少しは味わう余裕があった。彼の胸に手を当て、その鼓動を感じ取りながら、おずおずと舌先を絡ませる。閉じた瞼《まぶた》に月明かりの名残。その残像を追いかけるうちに、そっと唇が離れていった。

「……おやすみ。明日またな」

頬にもう一度キスをして、彼が去っていく。その背中はもうしゃんと伸びて、いつもの彼だった。凜《りん》と顔を上げる、筧の好きな神城尊《たける》だった。

「……胸ぐらつかんでキスするの……やめてください」

そう言うと、彼が後ろを向いたまま、右手を挙げ、きゅっと親指を立てて見せた。

「善処しよう」

ふわっと風が吹き抜けて、涼しいミントの香りを運んでくる。

明日またあの場所で、あなたの隣に立ちたい。あなたのそばにいたい。あなたの香りを、あなたの声をいちばんそばで感じていたい。

筧は深く息を吸い込んでから言った。

「それから……いきなりベッドに押し倒すのもやめてください。ちゃんとシャワー浴びる時間くらいほしいです……っ」

神城が振り返った。筧がいちばん好きな顔で笑っている。自信に満ちた……かっこいい男の顔だ。

「それは約束できないな。好きな奴《やつ》を目の前にして、冷静でいられるなんて、恋する男じゃねぇぞ」

「だったら……せめて」

筧はしっかりと顔を上げる。彼のすべてを見逃さないように。

「……腕枕くらいしてください」

神城がふわっと背中を向ける。軽いジャケットの裾が舞って、微かにミントの香りを振りこぼす。

「ああ……おやすみとおはようのキスもつけてやる」

笑みを含んだ深い声。指の長い手をさっと振って、神城は去っていく。

「おやすみ……なさい」

広い背中を見送って、筧は自分の部屋に向かって歩き出す。

おやすみなさい。

今日は明日の夢を見ながら、そっと一人で瞼を閉じよう。
いつかおやすみのキスで眠って、おはようのキスで目覚める日を夢見て。
おやすみなさい。
俺の愛《いと》しい王様。

あとがき

こんにちは、春原《すのはら》いずみです。

「恋する救命救急医」、ついに6巻目でございます。そして、この巻から正統派医療関係者同士のカップル、神城《かみしろ》先生と筧《かけい》くんのお話になりました。3カップル目にして、ようやく医療関係者同士で、ドクターが攻でございます（笑）。そして、この作品を以て、めでたく「恋救」もシリーズスタートから2年となりました。いろいろな意味で、記念碑的な1冊でございます。お読みいただき、ありがとうございます。

私事ですが……春原いずみ、作家生活長いですが、意外にシリーズものは少なくて、あっても、2冊か4冊、で、最長不倒が同じ病院のシリーズが6冊続いた某作品でした。しかし、これは3冊ずつ、パラレルワールドっぽくなっている作品なので、まったく同じ世界観、同じ時間軸で進行している作品としては、この「恋救」（この略し方、講談社様の発案ですw）が最長不倒ということになります。で、このシリーズはまだまだ続く予定ですので、名実ともに春原史上最長不倒ということに。それもこれも、いつも応援してくださる読者の皆様のおかげです。本当にありがとうございます。

さて、神城×筧です。一番破天荒な人と一番常識人のカップルです。まっすぐ突き進んで、何もかもを蹴散らしていく勢いの神城先生と、戸惑いながらも彼に惹きつけられていく普通の男の子、筧くんの恋のお話はまだまだ始まったばかりです。見守っていただけると嬉しゅうございます。次巻は少しだけお時間をいただきますが（と言っても、半年はお待たせしない予定です）、不器用に進んでいく二人の恋物語をお楽しみに。この二人のお話だと病院が舞台になりやすいので、今まで以上に白衣が舞い、ヘリが飛びますw。ご期待ください。

前巻でコーギーたちを最高に可愛く描いてくださった緒田《おだ》涼歌《りょうか》先生、いつもありがとうございます。白衣とヘリが飛び交いますが、よろしくお願いいたします。神城×筧がどんな花を背負うか、楽しみでございます！

いつもナイスアシストの担当Kたん、ありがとう。お互い、身体《からだ》をいといつつ、頑張りましょうね。

それでは、また次巻でお目にかかりましょう。次回もお忘れなく診療のご予約を。

SEE YOU NEXT TIME!

春原　いずみ

『恋する救命救急医　キングの憂鬱』、いかがでしたか？
春原《すのはら》いずみ先生、イラストの緒田涼歌《おだりょうか》先生への、みなさまのお便りをお待ちしております。
春原いずみ先生のファンレターのあて先
〒112-8001　東京都文京区音羽2-12-21　講談社　文芸第三出版部「春原いずみ先生」係
緒田涼歌先生のファンレターのあて先
〒112-8001　東京都文京区音羽2-12-21　講談社　文芸第三出版部「緒田涼歌先生」係

N.D.C.913　238p　15cm

春原いずみ（すのはら・いずみ）
新潟県出身・在住。６月７日生まれ双子座。
世にも珍しいザッパなＡ型。
作家は夜稼業。昼稼業は某開業医での医療職。趣味は舞台鑑賞と手芸。
Twitter：isunohara
ウェブサイト：www.sakura-usagi.com/

講談社X文庫

white heart

恋《こい》する救命救急医《きゅうめいきゅうきゅうい》　キングの憂鬱《ゆううつ》

春原《すのはら》いずみ

●

2018年９月３日　第１刷発行

定価はカバーに表示してあります。

発行者――渡瀬昌彦
発行所――株式会社 講談社
東京都文京区音羽2-12-21 〒112-8001
電話 編集 03-5395-3507
販売 03-5395-5817
業務 03-5395-3615
本文印刷－豊国印刷株式会社
製本――株式会社国宝社
カバー印刷－半七写真印刷工業株式会社
本文データ制作－講談社デジタル製作
デザイン－山口　馨

ISBN978-4-06-512648-6